SOMBRE DIMANCHE

ALICE ZENITER

SOMBRE DIMANCHE

roman

ALBIN MICHEL

Lentement, pensivement

À la fin, l'homme atteint le sable
d'une plaine triste et trempée,
il s'étend là, le regard vague,
acquiesce, sans jamais espérer.

Et moi je m'efforce souvent
de regarder le monde sans tricher.
Les coups d'une hache d'argent
jouent dans les feuilles du peuplier.

Mon cœur est sur la branche de rien,
perché, grêle, il tremble sans bruit,
les astres doucement s'assemblent
pour regarder mon cœur la nuit.

Dans un ciel couleur de métal

Dans un ciel couleur de métal,
l'éclat froid d'une dynamo.
Oh silence de ma bonne étoile !
De mes dents, l'étincelle d'un mot –

En moi le passé comme une pierre
tombe dans l'infini silencieux.
Le temps s'enfuit, pâle et muet.
Lueur d'une lame : mes cheveux –

Ma moustache rampe, alourdie,
chenille sur ma bouche éteinte.
Mal au cœur, les mots ont tiédi.
Mais qui serait là pour entendre –

Sans espoir, Attila József, mars 1933.

Sombre dimanche

Sombre dimanche,
Les bras chargés de fleurs blanches,
Un dimanche matin, poursuivant mes chimères,
La charrette de ma tristesse est revenue sans toi…

Imre pouvait entendre la voix du grand-père lui parvenir depuis l'extrême pointe du jardin triangulaire. Il n'avait pas besoin d'écouter la manière dont les consonnes disparaissaient dans le chant pâteux pour savoir que le vieil homme était ivre. Il beuglait la chanson avec une férocité peu commune.

Et depuis cet instant tous mes dimanches sont tristes.
Les larmes sont ma seule boisson, la tristesse est mon seul pain

La voix se mêlait au bruit du grand râteau. On entendait des coups sourds quand le grand-père heurtait la barrière avec la tête de l'outil, encore et encore.

Le choc devait vibrer dans tout son corps, faire résonner sa colonne vertébrale tordue. Elle traversait son dos en diagonale comme une route qui prendrait un détour. La jambe morte du grand-père, celle qu'il traînait derrière lui avec peine, avait déséquilibré sa démarche jusqu'à imposer une pliure au chemin de ses vertèbres. Chaque activité physique causait au vieil homme des douleurs lancinantes. Mais il refusait d'arrêter de ratisser.

Les larmes sont ma seule boisson…

Le grand-père criait plus fort, et ce vers résonnait étrangement dans la bouche d'un homme que la palinka poussait à chanter. Imre savait que le grand-père en avait rangé une bouteille dans la poche arrière de son pantalon au moment de sortir dans le jardin. Une longue bouteille tubulaire, semblable à un produit cosmétique plus qu'à un flacon d'alcool.

Imre connaissait bien l'eau-de-vie du grand-père. Quelques mois auparavant, il avait ouvert la bouteille pour sentir et l'odeur lui avait brûlé l'intérieur des narines. Elle était pharmaceutique, brutale, elle remontait dans le nez en rongeant les muqueuses, en les cautérisant. Imre n'avait trouvé aucun lien entre les dessins d'abricots ronds et dorés qui décoraient la bouteille et cette senteur d'hôpital. La déception avait été violente.

Cette journée du 2 mai pendant laquelle le vieil homme se saoulait commençait à devenir familière au petit garçon. Il avait conscience que cet événement n'était pas nouveau. Il y avait déjà assisté. Il ne savait plus quand. Son cerveau ne concevait pas encore clairement le déroulement chronologique de la vie mais cette chanson il la connaissait. Il l'avait déjà entendue.

Chaque année la même scène se répétait. Le vieil homme jurait que son chagrin était oublié, qu'il irait bien, qu'il marcherait peut-être jusqu'au centre-ville pour s'occuper les pensées. Mais chaque année, la famille le retrouvait ivre mort dans l'herbe du jardin, au milieu des déchets qu'il avait renoncé à ramasser, le râteau étendu à côté de lui et la bouteille vide à proximité de sa main. Imre n'avait pas le droit de le voir. On l'envoyait dans sa chambre. Il se souvenait pourtant avoir aperçu les pieds du grand-père dépasser de l'herbe, des pieds énormes pour sa mémoire d'enfant. Il avait cru qu'un géant était mort et n'avait pas pu dormir.

Et chaque année, Imre entendait la chanson maudite, assénée chaque fois avec plus de haine. Il avait demandé un jour au vieil homme de lui apprendre les paroles mais celui-ci n'avait pas voulu. Il avait répondu que la chanson était merdique et que Rezsö Seress, son compositeur, était un criminel. Imre n'avait pas compris pourquoi le grand-père s'obstinait à chanter un morceau qu'il détestait. Il répétait en boucle quelques bribes qu'il était parvenu à retenir, essayant d'y déceler le sens secret qui déchaînait la furie du vieil homme.

Le dernier dimanche, viens mon amour
Il y aura un prêtre, un cercueil, un linceul
Des fleurs t'attendront, des fleurs et un cercueil...

Le grand-père entonnait à présent la strophe la plus lugubre. Imre ressentait la tristesse du chant, un point dans la poitrine, comme caché sous une côte. Il s'approcha de la fenêtre et jeta un rapide coup d'œil au vieil homme. Il était toujours debout. Ce n'était pas près d'être fini.

Petit à petit, les gestes du grand-père se feraient moins précis, le râteau n'atteindrait plus des points aussi éloignés. Tous les deux, le grand-père et le râteau, sembleraient se recroqueviller sur eux-mêmes. La voix serait moins distincte. La chanson serait remplacée par des chapelets de jurons. Le grand-père appellerait la mort sur toutes les têtes qui lui déplaisaient. Qu'ils crèvent tous, dirait-il, que Staline re-crève dans sa tombe ! Il ajouterait ensuite : Et la mort sur les jardiniers ! C'était toujours le dernier juron, celui qu'il sortait avec le plus de peine, juste avant de tomber, celui qui lui faisait le plus mal. Puis il s'endormirait.

Agnès, la sœur d'Imre, et Pál, leur père, sortiraient alors sans bruit pour le chercher. Ils s'approchaient tous les deux du vieil homme mais c'était toujours Agnès qui finissait par le porter à l'intérieur de la petite maison. Pál était trop sensible et ne supportait pas de le voir dans cet état. Il se penchait un instant sur son père allongé dans l'herbe, amorçait un geste puis, tout à coup profondément abattu, se laissait tomber à côté de lui et pleurait en silence. Le dos d'Ági pliait sous le poids du grand-père tandis qu'elle s'efforçait de le porter jusqu'au salon.

À l'intérieur, solidement assise dans son fauteuil, Ildiko, la mère des enfants, refusait de bouger. Elle n'avait aucune compassion pour le vieil homme dont les soûleries annuelles la mettaient en fureur. *Büdös disznó !* disait-elle en crachant sur le sol. Sale porc. L'alcool en général lui faisait horreur. Celui de son beau-père plus que tous les autres. Il n'a qu'à rester toute la nuit dans l'herbe, disait-elle avec indifférence, personne ne l'a forcé à se mettre dans cet état.

Mais Imre, Agnès et Pál avaient un sens trop aigu de la famille pour laisser le vieil homme dormir dehors. Il aurait été exposé aux trains de nuit et aux déchets que leurs voyageurs lançaient par les fenêtres.

La petite maison était en effet construite au milieu du faisceau de rails qui jaillissait de la gare Nyugati et les trains frôlaient en passant les barrières du jardin triangulaire. À l'époque de sa construction, la gare n'était encore qu'un vague projet et personne n'aurait imaginé que les rails se développeraient ainsi jusqu'à la maison de bois. Le nom de *nyugat* lui-même, c'est-à-dire Ouest, promettait une autre direction aux futurs trains. Mais en dépit de cette appellation, ils foncèrent vers le nord, vers l'est et encerclèrent la maison. À la fin des années 1890, elle n'était pas encore complètement entourée par les rails mais le côté gauche du jardin était déjà bordé par de longues poutrelles métalliques. Depuis on avait ajouté une barrière pour établir une séparation nette entre ce qui était le royaume des trains et celui de la famille d'Imre. Le partage avait été effectué en faveur des trains.

C'était le grand-père du grand-père qui avait acheté le terrain, au temps lointain où il n'était qu'un champ aux portes de la ville, c'était lui aussi qui avait construit la maison. Son nom était gravé au-dessus de la porte en grandes lettres noires et maladroites : IMRE MÁNDY. C'était le nom de tous les premiers-nés mâles de la famille, il parcourait les siècles. Imre regardait toujours fièrement le fronton de sa demeure quand il rentrait chez lui. Il sentait alors vibrer, presque tangible, le lien tissé par son nom entre lui et son grand-père, son arrière-grand-père et son arrière-arrière-grand-père, l'ancêtre bâtisseur. Mais pas avec son père. Curieusement, le nom traditionnel avait sauté une génération et Pál s'appelait Pál. C'était une scorie dans l'arbre généalogique.

– Pourquoi *Apa* ne s'appelle pas comme nous ? demandait le garçon à son grand-père.

– Le petit curieux devient vieux trop tôt.

– Pourquoi tu ne t'appelles pas comme nous ?

– Un peu d'originalité, répondait son père avec un sourire triste.

Mais Imre pensait que ça devait être désagréable pour lui de rentrer à la maison et d'y voir trôner le nom d'un autre.

Le grand-père aimait à raconter qu'Imre Mándy le vénérable, celui qui avait construit la maison, avait acheté la plus belle parcelle de campagne qui soit : le jardin triangulaire avait autrefois été une prairie verte que traversait un ruisseau. Des violettes y poussaient en touffes confuses. Il y avait des serpents d'eau tapis dans les herbes sombres au bord de l'eau. Au printemps, on voyait des lapins, des grenouilles, le bruit de la vie animale remontait jusqu'à la maison, offrant aux habitants son chuchotement secret, sa complicité.

Là, dans ce paradis marécageux, leur ancêtre avait construit la maison tout seul : au rez-de-chaussée, le grand salon avec sa cheminée et la cuisine étroite aux murs couverts de casseroles de différentes couleurs, à l'étage les deux chambres, celle des parents et celle des enfants qui ressemblait à une miniature. Sous l'escalier, on trouvait un cabinet de toilette dans lequel il était difficile de se tenir debout. C'était une maison lentement élevée par les deux mains de l'homme, un royaume sans machine.

Depuis l'époque de l'arrière-arrière-grand-père, la modernisation de Budapest avait transformé la petite demeure en un îlot au milieu des rails. Malgré le passage des trains qui roulaient de plus en plus vite, la maison restait debout. Pendant des années, elle avait été le sujet d'une lutte incessante entre la famille d'Imre et les autorités locales qui souhaitaient que rien n'entrave le développement des chemins de fer. Les habitants de la maison de bois écoutaient les offres comme les menaces avec une calme indifférence. L'ancêtre bâtisseur avait décidé pour les générations à venir que les racines de sa famille étaient à cet endroit précis, derrière une porte marquée à son nom. Ses descendants suivaient sa volonté avec la certitude d'être dans leur bon droit, malgré les lois et les cadastres agités par leurs adversaires. Ils aimaient l'idée d'être une dynastie attachée à cette terre.

Après des décennies de négociations infructueuses, la société des chemins de fer avait renoncé à raser la maison, à condition de la flanquer d'un transformateur dont les habitants assureraient la maintenance. C'était cette énorme boîte métallique qui terminait désormais l'extrémité plate du jardin triangulaire.

Imre avait peur du transformateur. Il était d'un métal bleuté, auréolé de petites taches de rouille qui lui dessinaient des yeux sombres, et large comme deux hommes. De temps en temps, il envoyait des gerbes d'étincelles, obligeant les habitants de la petite maison à l'inspecter en quête d'éventuels dégâts. Pál ou le grand-père ouvrait la porte portant le panneau « Danger de mort », pour vérifier l'état des câbles. Ils s'enfonçaient jusqu'aux épaules dans les intérieurs tubulaires du grand boîtier et Imre tremblait que les amas de fils électriques se resserrent soudain sur eux dans une horrible convulsion, et qu'ils se fassent avaler.

Lorsqu'il était seul chez lui, Imre sortait dans le jardin pour tourner autour de la machine, sûr qu'elle révélerait un jour sa nature diabolique – quelque chose en relation avec les extraterrestres ou les satellites russes. Mais le transformateur dormait, ou faisait semblant, et l'enfant ne pouvait trouver aucune preuve pour justifier ses peurs.

Le boîtier inquiétant n'avait pas que des mauvais côtés : grâce à des branchements plus ou moins sûrs, il apportait l'électricité à la famille Mándy. Et il avait définitivement réglé les conflits avec la société des chemins de fer. Depuis l'accord, tout le monde semblait avoir oublié la maison. C'était comme si elle n'existait pas.

À cause de son emplacement particulier, la maison au bord des rails était devenue la décharge publique des trains qui la contournaient. Le jardin était en permanence recouvert d'une fine couche d'ordures. On y trouvait de tout, beaucoup de cellophane et de papier. Une fois installés à leur place, les passagers cherchaient fébrilement leur billet de train et se débarrassaient par la même occasion de ce qui s'accumulait dans leurs poches. Ils passaient par une fenêtre ouverte des semaines de tickets de caisse, de listes de courses et de cartes de visite données par des indésirables. Ils n'imaginaient pas que tous ces papiers inutiles venaient recouvrir le sol stérile du jardin triangulaire où Imre les examinait un par un avec soin, en espérant y découvrir une carte au trésor.

Imre jalousait les passagers. Il avait grandi en détestant être immobile, bloqué à cet endroit précis où venaient s'échouer les bribes de vie de ceux qui existaient à la vitesse du train. Il marchait sur leurs débris en s'interrogeant sur chacun d'eux, en leur prêtant à tous des destins extraordinaires. Et il éprouvait du ressentiment, non pas parce que ces gens salissaient son jardin mais parce qu'il était certain que personne ne s'interrogeait sur lui à l'intérieur des wagons.

Il y avait les bouteilles en plastique, aussi. Elles arrivaient tous les jours par dizaines et refusaient de disparaître. Leurs contours bleutés s'empoissaient de la terre du jardin mais elles restaient cylindriques et fières, roulant sous les pieds du petit garçon. Le grand-père parlait souvent d'un temps où les bouteilles en plastique n'existaient pas et où le jardin restait propre. À l'époque de la grand-mère et des belles années du grand-père, il y avait eu un petit potager dans le jardin triangulaire. Imre ne savait pas où – il n'avait connu que la terre minée de bouteilles – mais imaginait que c'était près du transformateur. La grand-mère y plantait quelques courges et des poireaux. Le grand-père jurait violemment quand il évoquait les poireaux. Maintenant plus rien ne poussait.

Chaque matin, le vieil homme laissait à Imre le temps d'un rapide examen puis, une fois que l'enfant avait ramassé les papiers susceptibles de renfermer un secret, il sortait dans le jardin en brandissant son râteau comme une hallebarde. Malgré sa jambe, malgré son dos, il ne voulait pas renoncer à cet instant qui le mettait face à l'histoire de la nuit passée et lui permettait chaque jour de réaffirmer son territoire. Il repoussait soigneusement les ordures derrière la barrière, là où elles formaient avec les années un petit océan personnel.

Büdös disznó, disait Ildiko dans un soupir lorsqu'elle voyait s'amonceler les bouteilles en plastique tout autour de son jardin. Mais le vieil homme trouvait un étrange plaisir à embrasser du regard les piles de déchets affrontés et vaincus au fil des années. Il refusait qu'on les mette dans des sacs pour les porter à la décharge. Imre approuvait son grand-père : il nourrissait l'espoir mauvais que les vagues de bouteilles en plastique fassent un jour dérailler un train juste devant sa maison. Alors les passagers seraient bien obligés de lui prêter un peu d'attention, tandis qu'il entamerait autour des wagons fumants une petite danse de la victoire.

Les ordures les plus remarquables atterrissaient toujours chez eux pendant la nuit. Le soleil se couchait sur un jardin en ordre et au réveil, comme par magie, l'aube révélait les contours biscornus d'objets abandonnés. Pendant la journée, les voyageurs ne jetaient rien d'encombrant : on pouvait se tenir dans le jardin sans risquer de recevoir quelque chose en pleine tête. Mais la nuit, un sentiment d'impunité les prenait : ils n'imaginaient rien au-delà de leur wagon illuminé, seulement l'obscurité opaque, et ils se sentaient libres de se débarrasser de quantités d'ordures qui n'en finissaient pas d'étonner Imre. Les camps de vacances étaient les plus prolixes. Même encadrés par une institution communiste au nom redoutable comme l'Association pour la fraternité des jeunesses prolétariennes, les enfants et les adolescents n'attendaient que la tombée de la nuit pour jeter par la fenêtre leurs possessions mutuelles. On retrouvait des pique-niques entiers, des brosses à dents, plus rarement des chaussures. Imre avait hérité d'un pyjama orné de petits lapins. Les habitants de la maison se retournaient dans leur lit en geignant quand un objet venait s'écraser contre leur mur de planches.

– Qu'ils crèvent tous, marmonnait le grand-père dans son sommeil.

C'était devenu un réflexe chez lui. Il n'avait plus besoin de se réveiller.

La peur des projectiles nocturnes poussait chaque année Agnès et Pál à sortir chercher le grand-père pendant sa traditionnelle nuit d'ivresse. Personne ne se souvenait d'un 2 mai où le grand-père avait réussi à rentrer tout seul, un 2 mai où, sans aller jusqu'à être sobre, il se serait traîné sans aide jusqu'à son lit. Mais même la répétition monotone du scénario chaque année ne parvenait pas à émousser la gentillesse d'Ági et l'émotion de Pál, quand ils ouvraient timidement la porte de la maison pour repérer dans le noir l'endroit où le vieux s'était écroulé.

Ne bois jamais, disait sa mère à Imre. Ne bois jamais ou je te tue. Il hochait la tête avec une grande concentration. Le spectacle que lui offrait son grand-père ne lui donnait aucune envie de s'acheter une de ces longues bouteilles de palinka qui sentait la chimie et l'usine.

En écoutant chanter son grand-père, Imre devinait que quelque chose du monde lui échappait – il y avait un vide, un trou béant dans la chanson qui menaçait de mettre à mal ses certitudes d'enfant. Il voulait continuer à croire que les adultes, le grand-père, sa mère Ildiko, et même sa sœur Agnès savaient ce qu'ils faisaient, qu'ils comprenaient le sens de la vie et maîtrisaient le cours de leur existence. Mais le 2 mai, quand le grand-père grognait comme un chien en tétant sa bouteille de palinka, Imre sentait que peut-être même les adultes ne contrôlaient pas la confusion que la vie leur inspirait. Il y avait quelque chose de terrifiant dans cette pensée. Il plaqua ses mains contre ses oreilles mais la voix du grand-père trouva quand même un chemin jusqu'à lui et Imre dut entendre la dernière strophe de la chanson, celle qu'il aimait le moins parce qu'elle lui faisait peur :

SOMBRE DIMANCHE

Sous les arbres en fleur, c'est mon dernier voyage.
Mes yeux seront ouverts pour te voir encore une fois.
N'aie pas peur de mes yeux, même mort je te bénis…
Le dernier dimanche.

Les livres, les trains, les fusées

Longtemps, le monde d'Imre se limita à deux pôles : l'îlot de sa maison d'un côté, la clameur de la gare de l'autre. Il voyait parfaitement les grands bâtiments de Nyugati depuis son jardin : la verrière aux vitres poussiéreuses, les tourelles de briques et d'acier se dressaient au bout des rails, entre lui et la ville. La gare était un Autre inquiétant et féroce qui tentait de les envahir. Elle crachait des locomotives jusqu'à la petite maison, elle étendait ses tentacules d'acier tout autour. Dans son grand hall traversé de poutrelles aux angles nets se cachaient peut-être de futures menaces pour la famille Mándy et il était de la responsabilité d'Imre de surveiller ce qui pouvait en sortir.

Le zoo de Budapest se trouvait lui aussi tout près de la maison : on pouvait apercevoir le rocher aux singes et les pointes des cages. Mais quand le garçon sortait dans le jardin, il ne se tournait jamais de ce côté pour écouter les glapissements des animaux. Il braquait directement son regard sur la gare et commençait son travail de guetteur. Elle ne le surprendrait pas, ne lui imposerait pas de nouveaux sacrifices. Il lui devait déjà l'effrayant transformateur et l'absence de ses parents qu'elle avalait du petit matin jusqu'au soir.

Pál et Ildiko travaillaient tous les deux dans Nyugati. Lui tenait un petit café coincé entre quatre rideaux de plastique frangés qui conservaient un peu de chaleur et le brouillard des cigarettes fumées à la dizaine par ses clients. Il vendait des sandwiches à la viande panée connus pour être énormes mais secs comme les pierres, des roulés au pavot et des barres de chocolat Balaton dont il rapportait toujours à Imre quelques échantillons le soir – réconciliant pour un instant l'enfant avec le monde de la gare.

Quant à Ildiko, elle s'occupait du guichet des voyages intérieurs. Elle rêvait de passer un jour au comptoir des voyages internationaux mais sous le régime communiste il y avait trop peu de voyageurs autorisés à sortir du pays pour qu'on puisse envisager la création d'un nouveau poste. Ildiko rêvait parfois à la mort de la rousse qui tenait l'international. Un beau matin, elle glisserait sur le carrelage mouillé de sa salle de bains et se casserait la tête contre le lavabo. Alors son siège vide trônerait derrière la vitre en plexiglas jusqu'à ce qu'un responsable vienne trouver Ildiko pour lui dire : Je vous en prie. C'est à vous. Un sourire tendre flottait sur le visage d'Ildiko lorsqu'elle imaginait la scène.

Le grand-père, au temps où il pouvait encore bouger, avait lui aussi travaillé pour la société des chemins de fer comme soudeur. Il en avait gardé de nombreuses brûlures sur les mains, pas plus grandes que des pièces de cinq forints. Pour Imre, les membres de sa famille étaient des serfs que le seigneur ferroviaire avait réduits aux travaux forcés et il se promettait que dès qu'il aurait atteint l'âge adulte, il romprait cette soumission et partirait loin de la gare.

Il ne voulait pas rester à vivre au bord des rails, dans la peur des trains, à glisser sur les bouteilles des autres. Il deviendrait suffisamment riche pour acheter un grand appartement dans un immeuble bourgeois avec une porte en bois vert tendre et des vitraux sombres aux motifs floraux. Il verrait ses parents dans un des grands cafés de Budapest, peut-être même au Central dont les dorures et le bois verni le fascinaient. Ils boiraient des chocolats pendant l'hiver et des fröccs pendant l'été, ce mélange de vin blanc et d'eau gazeuse qui peut vous saouler sans jamais vous donner la gueule de bois, prétendait le grand-père.

– Et ça, mon garçon, c'est la preuve du génie hongrois.

Ildiko haussait toujours les épaules quand elle entendait l'affirmation du vieil homme. Pour elle, c'était uniquement la preuve que ce pays était plein d'alcooliques. Ne bois jamais ou je te tue. Et Imre devait renoncer aux fröccs dans son scénario secret. Il ne s'en souciait pas outre mesure : c'était de toute manière un plan qu'il retravaillait chaque soir avant de s'endormir, précisant chaque détail sans jamais s'en lasser.

Il n'acceptait de partager son rêve d'avenir qu'avec deux personnes. La première était sa sœur Agnès. Elle avait huit ans de plus que lui, mais pendant très longtemps Imre crut qu'ils étaient du même âge et qu'Ági était simplement plus douée que lui dans tous les domaines. Il l'adorait, la trouvait parfaite. Tout en elle l'exaltait, surtout ses dents. Elle avait une dentition magnifique, minuscule, blanche et brillante comme un rang de perles qu'elle exhibait constamment. Ági passait son temps à chantonner.

Sa voix, même si elle était très belle, n'avait aucune puissance. C'était sa faiblesse, selon Imre, qui rendait ses chansons touchantes. Il fallait tendre l'oreille, il fallait vouloir l'entendre. La voix d'Ági ne forçait personne, elle couvrait à peine les bruits de la maison que les trains agitaient. Les murs tremblaient toujours un peu, les planches disjointes gémissaient. On entendait aussi le bruit lourd de la jambe du grand-père, la jambe morte juste après la grand-mère, qui pilonnait le sol avec régularité. Imre aimait passer des heures à ne se concentrer que sur le filet de voix de sa sœur. Il regardait ses dents et écoutait les chansons ténues en se promettant de l'épouser un jour et de l'emmener avec lui dans sa future demeure princière.

La seconde personne à qui Imre accordait sa confiance était Zsolt.

Zsolt n'était pas un habitant de la maison sur les rails : c'était un être de la gare. Imre avait hésité à lui témoigner de l'amitié dans un premier temps, au nom du principe selon lequel tout ce qui venait de Nyugati était nuisible pour lui et les siens. Mais l'absence d'autres camarades de jeux avait plaidé en faveur de Zsolt et Imre avait accepté d'assouplir sa morale guerrière.

Le père de Zsolt était contrôleur et lorsque le garçon n'avait pas école, il le traînait avec lui jusqu'à la gare pour la journée. Sous la grande verrière, Zsolt devait feindre de s'intéresser à des trains qu'il trouvait ennuyeux à mourir.

– Tu t'amuses ? demandait son père lorsque ses contrôles le ramenaient jusqu'à la gare.

– Tchou-tchou, sifflait Zsolt pour ne pas le décevoir.

Il avait dressé un inventaire des types de fauteuils présents dans les différents trains. Il ne savait plus comment s'occuper. Ildiko le remarqua un jour alors qu'il comptait les chaussures des voyageurs et les mégots de cigarettes sur le sol du guichet des voyages intérieurs. Émue par l'ennui accablant qui se lisait sur son visage, elle le guida le long des rails jusqu'à la petite maison où Imre, fidèle à ses habitudes, était sorti dès le matin pour prendre son tour de garde face à Nyugati.

Ildiko apprit à Zsolt les horaires à respecter pour pouvoir atteindre l'îlot de la maison au milieu du faisceau de voies. Les premières semaines, elle restait sur le bout du quai pour le regarder avancer avec angoisse. Elle choisissait exprès une heure où les trains étaient rares afin que garçonnet ait largement le temps d'atteindre la maison. Mais elle avait peur qu'il se blesse, qu'il trébuche. Les poutres métalliques rouillées regorgeaient de risques d'écorchures, de chevilles tordues, de tétanos secrètement transmis. Si Zsolt se faisait mal, il se plaindrait peut-être à son père et le contrôleur irait à son tour se plaindre à Ildiko. Or celle-ci ne voulait pas avoir affaire à lui. Tous les hommes en uniforme l'effrayaient et bon nombre de Hongrois avec elle. On ne savait pas qui ils connaissaient, à qui ils pourraient faire leur rapport mais des rapports, c'était sûr, ils en faisaient, leur double rang de boutons cuivrés le criait. Et, malgré la trêve du transformateur, la maison au bord des rails semblait toujours en sursis.

L'arrivée de Zsolt dans sa vie fit perdre à Imre de sa rigueur : il cessa de surveiller la gare à chaque instant. Bien qu'un peu inquiet de donner à Nyugati une si belle occasion de tendre des pièges à sa famille, il appréciait que Zsolt le détourne de son ascèse de guetteur. Ses journées étaient devenues bien plus intéressantes maintenant qu'il avait un ami. Et Zsolt n'était pas n'importe quel camarade de jeux : son imagination et son sens de la rhétorique étaient nettement supérieurs à ceux des autres enfants. C'est tout naturellement qu'il prit l'ascendant sur Imre et devint sa deuxième idole, juste après Ági aux belles dents.

Les jeux qu'il inventait lui donnaient toujours l'occasion de déclamer de longs discours. Si les deux enfants jouaient aux soldats, Zsolt était général et envoyait les hommes au combat en leur rappelant l'importance de leur pays, l'amour de la terre, l'honneur de leur famille. Il trouvait des mots lourds et vibrants qui émouvaient Imre jusqu'aux larmes et celui-ci était fier de pousser toutes les figurines de soldats au sol depuis le bord de la table. Parce qu'ils mouraient en héros, c'était Zsolt qui l'avait dit. Et ni Imre ni les soldats de bois n'auraient osé mettre en doute les paroles de leur général.

Ils adoraient tous deux jouer à la guerre mais ne pouvaient pas le faire aussi souvent qu'ils l'auraient voulu car si le grand-père découvrait leur occupation, il entrait dans des colères noires. Quand le vieil homme s'emportait, les mots semblaient s'accrocher à l'épaisse moustache qui masquait une partie de sa bouche. Il bégayait et postillonnait.

– Vous savez ce que c'est vraiment, un soldat ? avait-il demandé aux garçons la première fois qu'il les avait surpris.

Il avait les deux pieds au milieu du champ de bataille et écrasait mortellement le sergent-général Janos sous sa semelle droite. Zsolt s'était drapé dans un silence digne et Imre, embarrassé par l'écume de bave qui blanchissait les lèvres de son grand-père, regardait au sol avec consternation. Les garçons savaient parfaitement ce qu'était un soldat et ce qu'était une guerre. Juste après Noël, alors que leurs jouets sentaient encore le neuf, ils avaient vu des images de l'invasion de l'Afghanistan par les Soviétiques. Il y avait des avions, il y avait des blindés et il y avait des tas de jeunes hommes semblables au sergent-général Janos. Zsolt et Imre ne pouvaient pas être plus au fait de la question.

– C'est une bête ! criait le grand-père en agitant la petite figurine qu'il avait broyée. Une bête !

Les deux garçons conservaient leur silence outragé. Le vieil homme était sorti en traînant sa jambe morte derrière lui, projetant ses insultes et sa salive.

– Vous n'avez rien vu, rien. Vous ne savez rien.

Sa relation avec les enfants s'était faite plus fraîche à la suite de l'incident. Imre s'estimait injustement insulté et humilié. Et Ildiko n'avait pas réussi à recoller le sergent-général Janos qui appartenait à Zsolt.

– Et lui, qu'est-ce qu'il a vu ? demanda Zsolt avec mépris, sûr que ça ne pouvait pas être assez impressionnant pour justifier un attentat sur ses jouets.

– Qu'est-ce qu'il a vu ? demanda Imre à sa mère en essayant d'imiter le ton supérieur de Zsolt.

Ildiko se contenta de lui caresser les cheveux et de le laisser se pelotonner sous le fauteuil. C'était la réaction habituelle du petit garçon lorsque les choses allaient mal. L'espace sous le fauteuil d'Ildiko avait la taille de son corps roulé en boule. Il avait de la peine à s'y glisser mais une fois en place, il se sentait doublement protégé par la carapace d'osier et par le corps de sa mère.

Ildiko ne savait pas ce que le grand-père avait pu voir. La Seconde Guerre mondiale avait été un chaos total durant lequel le pays avait servi de parc à thèmes aux Hongrois, aux Allemands et aux Russes qui l'avaient tout à tour contrôlé. Chacun avait eu son temps de barbarie et chacun en avait usé. Il y avait eu beaucoup trop à voir selon l'impression d'Ildiko. Elle était née à la fin du conflit, tout comme Pál, et elle avait compris très tôt que ne pas avoir vécu la guerre constituait une frontière inamovible entre sa génération et celle de ses parents, celle du grand-père. Ils n'habiteraient jamais le même monde, ils n'auraient jamais les mêmes yeux. Alors, pourquoi poser des questions ? Qui voulait partir à la recherche de vérités que seule la palinka rendait supportables ? Pas Ildiko. Elle préférait une ignorance calme. Elle s'efforçait d'apprendre à Imre que c'était la seule source de bonheur. La curiosité du petit garçon l'inquiétait : elle croyait au proverbe qui annonçait qu'il vieillirait trop vite.

Par crainte de représailles, Zsolt et Imre s'assuraient désormais que le grand-père était endormi ou occupé à ratisser dehors avant de sortir les petites figurines casquées de leur boîte. Si le vieil homme était là, ils choisissaient un autre scénario. Ils en avaient une infinité. Ils auraient pu jouer des mois entiers sans dormir. Ils n'avaient besoin que de quelques mots pour se changer en scientifiques, en aventuriers, en chasseurs de loups.

Quand ils jouaient aux explorateurs, Imre était l'homme sauvage et Zsolt prenait longuement le temps de lui expliquer comment fonctionnait la civilisation moderne. Il décrivait les machines qui creusent le sol, les fumées des mines, les fleuves que l'on change de cours, les pipelines qui traversent l'Europe de l'Est pour apporter du gaz jusqu'à Budapest.

– Et ça, disait le grand-père quand il se trouvait dans la même pièce, c'est la preuve du génie hongrois.

Mais Zsolt se contentait de hausser les épaules avec une moue boudeuse. Il s'attribuait personnellement le génie de tout ce qu'il décrivait.

Imre et Zsolt, d'un parfait accord, s'enthousiasmaient de tout sauf des trains. Ils les avaient trop vus. Et puis ils étaient conscients de vivre à l'ère des fusées. Les trains pouvaient continuer à cheminer sur les rails jusqu'à Nyugati en passant devant la petite maison où ils jouaient, les seuls voyages dignes de ce nom se faisaient désormais d'une planète à l'autre.

En 1975, pour ses quatre ans, Zsolt avait eu droit à une série de figurines célébrant l'opération Apollo-Soyouz durant laquelle les vaisseaux russe et américain s'étaient amarrés l'un à l'autre à deux reprises. Zsolt reproduisait les manœuvres avec ses jouets de quelques centimètres, décrivant dans les airs une courbe immense et ralentie. Autour, il n'y avait que le noir et les étoiles.

Les petits vaisseaux de plastique erraient dans l'immensité, près de se perdre, mais Zsolt permettait toujours à l'équipage de retrouver sa route au dernier moment. Par le minuscule hublot peint sur le côté de Soyouz, les garçons pouvaient voir le visage fier et recueilli d'Alexei Leonov.

Ils rêvaient ensemble du jour où ils iraient dans l'espace. Zsolt à nouveau discourait sans fin, décrivant la course des planètes et la disparition de l'attraction terrestre. Imre, comme d'habitude, prenait peur. Il craignait que l'eau de son corps ne lui sorte par les oreilles pour errer sans but et sans gravité dans le vaisseau spatial. Ses organes allaient se déplacer, danser à l'intérieur.

Et bien sûr on ne pouvait pas être enterré dans l'espace. Il n'y avait pas de sol.

Quand ils eurent grandi, c'était Imre qui rejoignait son ami au bout d'un quai et ils s'éloignaient rapidement vers le centre de Pest, trop heureux de quitter la gare qu'ils détestaient. Ils descendaient vers le Danube puis ralentissaient le pas pour profiter plus longtemps de la vue. En son milieu, la ville s'ouvrait en deux sur la largeur du fleuve, comme un fruit trop mûr, offrant aux bourrasques de vent une autoroute où se précipiter. Imre aimait marcher sur les quais et sentir les mouvements désordonnés de l'air. Buda dominait Pest de ses hauteurs hirsutes : le mont Gellért couronné par la laideur d'une statue soviétique qui paraissait soulever des haltères, le quartier du Château aux toits ronds et verts, Normafa et ses bois sombres, la colline du Puits froid. Le sol de Buda ondulait et se courbait pour mieux apercevoir l'étendue plate de Pest juste en face et les aiguilles blanches du Parlement, énorme panse néogothique.

Les deux rives se tendaient des ponts comme on chercherait à s'attraper la main tous les cent mètres, en métal, en pierre, en vert, en blanc, avec des aigles, avec des chaînes trop lourdes, avec des filins clairs, avec des trams jaunes et des statues de femmes aux seins nus. Les lumières du soir illuminaient les colliers du Danube et jetaient de petits reflets orangés dans les vagues lentes. Le pont préféré d'Imre était le Lánchíd, le pont des Chaînes, surveillé aux deux extrémités par d'énormes lions de pierre. Avec leurs grands yeux en amande et leur bouche entrouverte, ils avaient un air mélancolique qui lui rappelait son père. Ils semblaient ne se retenir d'appeler à l'aide qu'avec difficulté, s'efforçant de convoquer leur dignité de grands fauves. Imre et Zsolt escaladaient souvent les piliers du pont pour aller gratter les lions entre les oreilles et les chevaucher jusqu'aux longues steppes aventureuses qu'ils devinaient toutes proches.

Ils se contentaient parfois de s'asseoir au bord du fleuve, les pieds pendants, les fesses blanchies par la poussière du quai. Imre jetait des cailloux dans l'eau grise en tentant de faire s'envoler quelques canards. Zsolt récitait Attila József d'une manière dramatique. Il adorait le passage qui évoquait le silence de cette eau sale : *Hallgat a mély*, disait-il en hochant la tête. *Des profondeurs pas un bruit*. Et il regardait si cela faisait peur à Imre. Imre avait toujours peur. Lorsqu'ils trouvaient sur le rivage les restes d'un poisson mort, il paniquait et commençait à regarder le fleuve d'un air suspicieux, sûr que sous la surface sombre se tramaient des tragédies muettes et terrifiantes.

Il enviait Zsolt d'être capable de citer des phrases entières des classiques. Il admirait ses deux ans de plus, sa voix qui muait, l'étendue de sa culture, l'assurance de ses propos. La société des chemins de fer avait ouvert une petite bibliothèque pour ses employés. Le père de Zsolt qui se moquait des livres avait transféré ses droits à son fils qui les adorait. Il voulait devenir poète. C'était ce qu'il avait trouvé de plus éloigné de contrôleur.

Imre, dont le père travaillait à la gare Nyugati comme tenancier du petit café-tabac-snack et non pas comme employé de la société, n'avait aucun droit. Il ne pouvait lire que ses livres d'école, des recueils de discours et de poésies communistes où *társaság* (camaraderie) finissait toujours par rimer avec *szabadság* (liberté) et où de braves enfants d'ouvriers mouraient dans la neige. Imre ignorait ce qui n'allait pas chez ces enfants mais ils trouvaient toujours le moyen de mourir de froid quelque part et sans chaussures. Il en déduisait avec effroi que le communisme brouille le sens de l'orientation. Il n'aimait pas beaucoup ses livres d'école.

Imre nourrissait un complexe tenace à l'égard de Zsolt et de sa connaissance du monde. Il le regardait par en dessous, timidement. Il s'excusait de tout, de poser des questions, de respirer même parfois. Zsolt haussait les épaules.

– C'est l'époque, disait-il, tu es un parfait petit communiste. Tu ne sais pas réfléchir.

Les griffes des chats

À la fin de l'été 1983, Ági avait quitté la maison au bord des rails, emportant avec elle ses chansons et le rang de perles de ses dents. Elle avait obtenu une bourse pour des études de traduction et louait désormais un petit studio près de l'université, dans le neuvième arrondissement. C'était un bâtiment en ciment et en métal dont les escaliers sentaient le chou et les fleurs mortes. Il était habité par quelques étudiants et des veuves aux pensions minuscules. Le soir, les vieilles femmes écartaient sans bruit leurs rideaux pour regarder les jeunes gens fumer une cigarette sur les balcons qui ceignaient la cour intérieure. Les grandes poubelles qui trônaient dans l'entrée n'étaient vidées que tous les deux mois car personne ne jetait rien. C'était un monde d'économies et de chuchotements.

Imre adorait rendre visite à sa sœur. L'immeuble lui semblait mystérieux, un peu louche. Il aimait la promiscuité dans laquelle vivaient les locataires qui ne se connaissaient pas, les portes qui se jouxtaient sur le palier. Comparée à l'isolement de leur maison, cette communauté d'existence était intrigante.

Ági l'invitait souvent, préférant sa venue dans l'appartement à une marche le long des rails, à une conversation avec leurs parents. Elle et Imre partageaient, sans se l'avouer, le sentiment de n'être pas faits de la même étoffe que le reste de leur famille. Ils étaient heureux de se retrouver tous les deux, loin des autres. Quand Ági asseyait Imre sur le tabouret de sa cuisine face à une tasse de thé, elle le regardait avec fierté. Tu grandiras pour être comme moi, se disait-elle avec bonheur. Ils ne se sentaient pas supérieurs, n'avaient aucun mépris pour leurs parents. Mais tapie au fond d'eux, la certitude de leur différence était là, leur chuchotant que les habitants de la petite maison de bois n'avaient pas leurs rêves, la violence de leurs ambitions, la rapidité de leur rire.

Quelles que soient les nouvelles qu'Imre apportait de leur famille, Ági éprouvait une sorte de tristesse à les entendre. Ses parents lui donnaient l'impression de passer à côté de quelque chose. Ági avait une idée romantique du monde très éloignée de la logistique de la maison au bord des rails, elle pensait que chaque être et chaque action étaient une note de violon dans la grande symphonie de l'existence. Le soir quand elle se couchait, les yeux secs et fixes, les nerfs agités de légers soubresauts, elle était persuadée d'entendre un peu de cette musique. Imre, pensait-elle, l'entendait aussi, mais leurs parents y étaient complètement sourds.

Quand il était chez sa sœur, Imre oubliait que ce n'était pas son appartement et qu'il lui faudrait rentrer jusqu'à Nyugati. Il se sentait à sa place, il se sentait indépendant, grandi. Il lui arrivait de croiser une amie de l'université avec qui Ági préparait un examen et, coincé entre les deux filles à la petite table, il vivait des moments d'extase. Il y avait Krisztina qui portait deux barrettes roses dans ses longs cheveux blonds, Lila dont la peau blanche sentait la myrtille et Juli dont les seins énormes tendaient les chemisiers. Elles lui ébouriffaient les cheveux en l'appelant *Drágám*, mon chéri, et Imre suait à grosses gouttes en essayant de cacher que ses jambes ne touchaient pas le sol lorsqu'il se perchait sur le tabouret.

Il aurait voulu passer tout son temps chez sa sœur, mais quand le soir venait, elle finissait par le renvoyer. Elle retournait à ses dissertations, à ses livres incompréhensibles, à ses dictionnaires si lourds qu'ils cassaient les bras, à toutes ces choses importantes qu'Imre voyait trôner sur son bureau dans le petit appartement et qui à la tombée de la nuit lui volaient Agnès. Il aurait voulu qu'elle n'aime que lui, chaque au revoir était une torture et l'occasion d'une crise de jalousie.

À défaut de pouvoir rester auprès d'elle, il voyait Zsolt de plus en plus souvent. Mais les jeux classiques commençaient à les ennuyer. Ils avaient remisé les restes du sergent-général Janos dans une boîte puis les cosmonautes et les fusées avaient suivi. Ils avaient même abandonné leurs fidèles montures, les lions du pont des Chaînes. Désormais, les mains vides et les bras ballants, ils cherchaient d'autres occupations, plus dangereuses, plus vibrantes. Zsolt, surtout, refusait de s'en tenir aux jeux imaginaires. Il voulait engager son corps dans une action. Depuis que la Hongrie était arrivée sixième au tableau des médailles lors des Jeux olympiques de Moscou, il pensait que son avenir et celui d'Imre résidaient dans le sport.

Le boycott des Jeux de 1984 par la plupart des pays du bloc communiste leur laissait justement le temps de s'entraîner. Ils n'avaient ni chevaux, ni arcs, ni haltères et seul Zsolt possédait un vélo dont la chaîne sautait en permanence. Ils choisirent les disciplines les plus simples : la natation, la course. Ils se jetaient de temps en temps l'un sur l'autre en criant de faux termes de judo. Ils tentèrent d'organiser leurs propres Jeux olympiques avec quelques garçons de leur connaissance. Mais ce jour-là il pleuvait et personne ne daigna les rejoindre sur l'île Marguerite pour participer aux épreuves. Zsolt cracha par terre et annonça à Imre qu'ils n'auraient jamais d'équipe digne de ce nom pour les Jeux de 1988. Ils abandonnèrent les Olympiades.

Zsolt voulut alors organiser des combats entre les chats du Musée national. Il y en avait une dizaine dans les jardins, nourris par les habitants du quartier. Ils étaient habitués à ce que les voisins les approchent et les deux garçons n'eurent pas de grandes difficultés à les capturer. Ils s'en tirèrent avec quelques griffures sur les bras mais s'empressèrent d'imaginer que le pire aurait pu leur arriver : se faire lacérer le visage, déchirer les lèvres, avoir les yeux crevés. Avec les années, Zsolt développait un penchant pour les scènes macabres. Tout en maintenant sous son bras le panier qui contenait les futurs combattants, il essayait d'obliger Imre à se représenter ce que serait la vie d'un adolescent aux yeux crevés. Imre serrait plus fort son propre panier, terrifié à l'idée qu'un des chats en bondisse. Il tenait beaucoup à ses yeux, en partie par coquetterie, en partie parce qu'il avait ceux de son père et qu'on lui avait dit que c'était également ceux de sa grand-mère. Sa grand-mère Sara Mándy, la morte. Il ne l'avait jamais connue. Mais il était fier de la filiation et de ses yeux.

Zsolt avait repéré une cave éventrée aux environs de la gare pour organiser le combat. La porte à double battant qui s'ouvrait sur le trottoir et plongeait sous un immeuble gris était à moitié défoncée. Ils balayèrent le sol pour écarter les feuilles mortes et les bris de verre. Puis ils délimitèrent un ring avec quelques planches et un vieux matelas trouvé dans la rue.

Ils avaient calculé qu'à raison de dix forints par personne, ils amasseraient une somme d'argent suffisante pour leur faire oublier les griffures. Quelques garçons choisis pour leur bravoure ou pour leur richesse avaient été invités à ce que Zsolt présentait comme l'événement de l'année. Ils arrivèrent en chuchotant, les poches tintant de petites pièces pour parier sur les combattants. La cave fut vite pleine et la pénombre bruissait des exclamations excitées des spectateurs. Mais lorsque Zsolt et Imre eurent pris les paris et annoncé de manière épique le premier combat, les deux chats lâchés dans le ring improvisé refusèrent de se battre. Ils ne montraient pas le moindre signe d'agressivité, marchant lentement au milieu de la pièce sans se préoccuper de leur adversaire. L'un d'eux trouva une ouverture entre les planches et s'échappa de la cave avant que les garçons n'aient la présence d'esprit de bloquer la porte. Zsolt, mal à l'aise, proposa de passer au combat suivant et choisit parmi les chats restants ceux dont les poils ébouriffés et les oreilles curieusement dentelées lui paraissaient indiquer un tempérament belliqueux et une vie de batailles. Mais encore une fois, les combattants se contentèrent de tâter et gratter le sol avec circonspection puis de se faire les griffes sur la pièce de literie. Excités du bout d'un bâton, ils feulèrent en direction du public mais sans se tourner contre leur adversaire. Les parieurs criaient à l'arnaque, l'un d'eux, rapidement suivi par toute la petite foule, exigea un remboursement immédiat.

Imre, dépité, sortait les poignées de pièces de ses poches et s'apprêtait à les redistribuer lorsque Zsolt eut une idée de génie : il allait se battre lui-même avec Imre. Il serait le chat tigré et Imre, le chat noir. Personne n'aurait à reprendre ni à changer son pari.

– Mais je ne veux pas me battre contre toi, protesta Imre.

La foule répondit à cette preuve d'amitié par des hululements et des caquètements. Zsolt enleva le gilet vert qu'il portait au-dessus de sa chemisette. Il le plia et le tendit à l'un des garçons du public.

– Qu'est-ce que tu attends ? demanda-t-il à Imre qui ne bougeait pas.

Et il commença à sauter d'un pied sur l'autre pour s'échauffer. Imre espérait encore que Zsolt soit en train de plaisanter. Il restait pétrifié, collé au matelas qui délimitait le ring. Dans son dos, les garçons le poussaient pour qu'il avance. Il leur donnait des coups de coude sans cesser de fixer son ami du regard. Il espérait un clin d'œil, un signal quelconque.

Zsolt lança dans l'air un premier coup qui manqua largement Imre. Celui-ci se rassura : Zsolt se contentait de mimer un début de combat pour calmer l'assistance. Ils pourraient ensuite renvoyer tous les spectateurs chez eux et se partager tranquillement l'argent. Imre leva lui aussi les poings à hauteur de son visage et commença à sautiller. Au-dessus de sa garde, il adressa à Zsolt un sourire complice pour lui faire comprendre qu'il avait saisi le plan.

Le sourire flottait encore sur ses lèvres lorsqu'il reçut le poing de Zsolt dans la mâchoire. Il sentit aussitôt le sang lui remplir la bouche et cracha par terre. Quand il reprit sa position de combat, il remarqua l'air heureux de son adversaire. Ce n'était pas le rictus cruel d'un méchant de film, c'était un vrai bonheur amical. Zsolt appréciait le jeu auquel il jouait avec Imre. Il aimait être un boxeur. Il devait probablement se raconter toute une histoire en sautillant d'un pied sur l'autre. Peut-être s'imaginait-il qu'il était ce putain de László Papp avec ses trois médailles d'or olympiques autour du cou.

Autour du ring, les autres s'amusaient à prétendre qu'ils assistaient à un combat de chats. Ils les encourageaient à miauler et à mordre. Imre et Zsolt étaient imperméables à leurs remarques. Zsolt parce qu'il était László Papp et Imre parce qu'il n'arrivait toujours pas à croire qu'il se trouvait au centre du cercle sur une idée de son meilleur ami.

Il reçut un second coup. Cette fois-là, Zsolt l'avait atteint en plein ventre. Il se plia en deux, le souffle coupé, crachant un peu plus sur le sol la salive rougeâtre qu'il avait dans la bouche. Le coup fut salué dans le public par une salve d'applaudissements. Lorsque Imre releva la tête pour lancer à Zsolt un regard lourd de reproches, le poing de son ami s'écrasa sur son œil. Il y eut des sifflements admiratifs. On trouvait ça à peine loyal. On savourait la traîtrise de Zsolt. Imre eut l'impression de sentir les jointures des doigts s'enfoncer légèrement dans la mollesse de son œil. Toute cette partie du visage commença soudain à le brûler.

Il gémit. Cracha encore.

– Dieu baise ta pute de mère, laissa-t-il échapper, toujours plié en deux.

C'était le juron ultime. Celui qu'on n'avait pas le droit de dire. Si le grand-père perdait parfois la mesure et se laissait emporter dans ses malédictions jusqu'à ce stade, Ildiko refusait de cuisiner pour lui pendant des jours. Imre l'avait quelquefois entendu mais sans jamais le prononcer. Il avait toujours cru que les mots lui pourriraient les lèvres, lui déchausseraient les dents. Mais la situation présente n'appelait pas d'autre formule.

Il sauta sur Zsolt en dépit de toute règle de boxe et le mordit au premier endroit où il put planter ses dents. Il trouva l'épaule droite, ses dents heurtèrent la clavicule et Zsolt poussa un petit cri aigu. En réponse, les garçons du public hurlèrent d'enthousiasme. Zsolt se défit maladroitement de la prise d'Imre et le repoussa sur le sol où il lui administra quelques coups de pied avant que l'autre se redresse sur ses genoux et lui envoie son poing dans l'entrejambe. Le gémissement de douleur qui s'éleva de l'assistance lui apprit que même dans un combat sans règles la solidarité masculine interdit ce type d'agression. C'était la première fois qu'Imre était amené à réaliser la *spécificité* des organes sexuels. Bientôt il ne penserait plus qu'à ça. Mais ce jour-là il n'eut que quelques secondes à consacrer à sa réflexion car la douleur cessa bientôt de paralyser Zsolt et ils se jetèrent à nouveau l'un sur l'autre.

Ils roulaient désormais sur le sol de la cave, soulevant

la poussière et les feuilles mortes, si bien agrippés l'un à l'autre que le public ne distinguait plus qui donnait les coups. Le spectacle cessa rapidement d'être intéressant et une partie des garçons décida de se lancer à la poursuite des chats. Les autres commencèrent à jouer aux cartes. Le silence stoppa Zsolt et Imre. À demi allongés sur le sol, ils se regardèrent avec stupéfaction.

Ils marchaient dans la rue et le sang croûtait déjà à l'arcade sourcilière et autour de leur bouche. Les brûlures se calmaient sous le vent frais. Mais les chocs reçus semblaient continuer à faire vibrer les os du visage, à résonner à l'intérieur de la tête. Ils avaient chacun dans la poche la moitié des recettes de la soirée, en pièces de cuivre qui roulaient sous les doigts. Le montant paraissait désormais dérisoire. L'œil et la pommette droite d'Imre étaient violacés. Zsolt s'était ouvert la lèvre en tombant. Leurs cheveux et leurs vêtements étaient couverts de moutons de poussière. Le sang d'Imre avait taché son polo près du col.

– Je ne peux pas rentrer comme ça, dit-il.

– On pourrait aller chez ta sœur, dit Zsolt.

Imre ouvrit des yeux interloqués. Plus exactement, il écarquilla l'œil droit. L'autre, sous la paupière enflée et sombre, se refusa à la manœuvre.

– Laver tes vêtements, expliqua Zsolt, et puis elle doit

avoir du maquillage, de la poudre, quelque chose pour cacher.

Imre hésitait, heureux comme toujours à l'idée de voir sa sœur mais inquiet de devoir emmener Zsolt dans le petit appartement. Il le considérait comme le temple particulier de sa relation avec Ági et Zsolt ne pourrait pas y pénétrer sans le profaner.

Ce n'était pas la première fois que son ami proposait de se rendre chez Ági. À plusieurs reprises pendant leurs balades, il avait négligemment remarqué qu'elle vivait tout près, qu'elle devait être chez elle à ce moment de la journée. Imre avait tout d'abord cru que Zsolt était jaloux qu'il dispose d'un tel endroit, qu'il enviait son indépendance, puis il avait commencé à soupçonner que Zsolt voulait voir Ági plus que l'appartement.

La façon dont Zsolt pouvait penser à sa sœur mettait Imre mal à l'aise. Il sentait qu'elle devait être différente de la sienne non seulement à cause de leur lien familial mais aussi parce que Zsolt avait atteint la puberté alors que lui continuait à être un enfant de douze ans sans barbe et sans voix de basse.

Leur âge suffisait pour qu'Imre soit jaloux et refuse de partager Ági avec son ami : elle venait d'avoir vingt ans, Zsolt en aurait bientôt quinze. Imre avait peur qu'être en sa compagnie leur apparaisse comme une régression. Il craignait que les deux êtres qu'il aimait le plus au monde forment une coalition de jeunes adultes dont il serait exclu. La simple pensée de croiser un jour

Zsolt et Ági riant ensemble, bras dessus bras dessous, lui mettait les larmes aux yeux. Mais il était tard, ils n'avaient pas d'autre endroit où nettoyer les traces de leur combat et il n'avait jamais pu dire non à Zsolt.

– D'accord, se résolut-il à dire.

Les deux garçons traversèrent Pest en marchant lentement. Il n'y avait plus personne dans les rues sombres. Imre se tenait les côtes. Zsolt grimaçait à chaque pas. Il ne s'était pas excusé. Imre sentait de temps à autre le désir violent de le frapper à nouveau. Il n'avait pas eu assez mal. Ce combat stupide avait été son idée et il aurait dû payer bien plus. C'était injuste, Zsolt semblait toujours s'en tirer à bon compte.

Ils sonnèrent au vieil interphone et pendant de longues secondes n'eurent pas de réponse. Puis, la voix d'Ági, un peu inquiète, leur parvint à travers les crachotements de l'appareil. Les coups de sonnette aussi tard n'étaient jamais bon signe.

– Qui c'est ?

– Moi, dit Imre.

– Et Zsolt.

Ági hésita un moment puis leur ouvrit sans poser de question. Ils montèrent les trois étages en geignant, leurs articulations craquaient à chaque marche. Ági avait entrouvert la porte de son appartement. Elle les attendait dans la petite cuisine où elle faisait chauffer de l'eau. À la vue de leurs visages tuméfiés, elle eut un sursaut.

Zsolt affectait l'air nonchalant de celui pour qui les blessures de guerre sont quotidiennes.

– Qu'est-ce qui vous est arrivé ? demanda Ági en alignant sur la table trois tasses en fer peint.

Imre ouvrit la bouche pour dénoncer Zsolt mais son ami fut plus rapide.

– On s'est battus avec la police politique, lança-t-il en tentant de s'asseoir avec souplesse sur une des chaises.

Ági hocha la tête avec un petit sourire.

– J'espère que vous les avez semés avant de venir ici. Je ne voudrais pas avoir de problèmes.

– Ne t'inquiète pas, répondit Zsolt, la situation est parfaitement sous contrôle.

La réplique venait d'un film que lui et Imre avaient vu deux semaines auparavant au cinéma. Ils ne l'avaient même pas aimé, ils avaient quitté la salle avant la fin. Imre, furieux, s'agita sur son siège. Sa sœur lui ébouriffa les cheveux.

– Vous devriez rentrer. Les parents vont s'inquiéter.

– Ils s'inquiéteront aussi si on rentre.

Elle eut un bref regard sur leurs bleus et les taches de leurs vêtements puis grimaça.

– Est-ce qu'on peut t'emprunter ton maquillage ? demanda Imre, on pourrait camoufler les dégâts.

– Sinon, ils nous reconnaîtront dans la rue et nous mettront en prison, dit Zsolt. Ou dans un camp.

L'histoire était de moins en moins crédible, Imre eut

un nouveau geste d'agacement. Les camps d'internement avaient disparu de Hongrie trente ans auparavant. Le sourire d'Ági s'agrandit et elle bâilla pour le dissimuler.

– Donne, dit-elle en déshabillant son petit frère, je vais te passer de l'eau froide.

Il se laissa faire, frissonnant torse nu dans la cuisine mais heureux des gestes tendres d'Ági. Il espérait que Zsolt les regardait et qu'il mourait de jalousie. Ági déplaça un peu de vaisselle pour mettre le polo à tremper dans l'évier. Elle remplit de thé les trois tasses alignées sur la table puis considéra à nouveau leurs visages abîmés.

– Je vais vous donner du fond de teint mais je veux que vous soyez dehors dans cinq minutes.

– Pourquoi est-ce qu'on ne peut pas rester ? demanda Zsolt.

Et Imre pensa que son ami méritait bien une volée de coups supplémentaire.

Curieusement, la question fit rougir Ági. Elle se mordit les lèvres, haussa les épaules, puis sortit de la pièce en répétant :

– Dans cinq minutes.

C'est à ce moment-là qu'Imre remarqua que la vaisselle sortie du petit évier par Ági comportait deux assiettes et deux verres tachés de vin rouge. Il suivit sa sœur du regard et nota avec quelle application elle fermait derrière elle la porte de sa chambre. Puis ses yeux croisèrent ceux de Zsolt qui avait l'air de penser la même chose.

Sans un mot, ils se levèrent tous les deux et s'approchèrent à pas de loup de la chambre. Derrière la porte, il y avait un murmure. Zsolt colla son œil à la serrure. La pièce était sombre et il ne voyait presque rien. Mais tout à coup, quelqu'un dans le lit se redressa et alluma la petite lampe sur la table de chevet.

Zsolt se décolla aussitôt de la porte.

– Merde, merde, merde, jura-t-il à voix basse.

Sa réaction fit paniquer Imre. Il recula en battant l'air de ses bras, manquant tomber à la renverse, mais Zsolt l'attrapa par les épaules.

– Regarde, intima-t-il, alors qu'Imre se débattait maladroitement.

Imre refusait en multipliant les vigoureux signes de tête mais son ami ne le lâchait pas. Il se résolut à coller à son tour son œil à la serrure.

– Il est à poil, dit Zsolt.

Et il tirait la langue dans une grimace nerveuse, crachait un peu, comme pour se débarrasser d'un goût immonde dans la bouche.

– Complètement à poil, on lui voit la bite et tout.

C'était trop pour Imre. Il fut un instant soulagé que ce ne soit pas Ági que Zsolt avait vue nue. Mais aussitôt après, ce qu'il venait de voir lui revint à l'esprit et le rendit presque malade. Il poussa un couinement dégoûté. Ági était derrière la porte, dans la même pièce qu'*une bite et tout*. Ce n'était pas possible.

La porte s'ouvrit.

– Je peux savoir ce que tu fais ?

Ági tenait dans les mains un assortiment de poudres et de crèmes. Elle avait l'air furieux.

– Qui c'est ? demanda Zsolt sans se défaire de son assurance.

Il essayait de regarder dans la chambre par la porte laissée entrouverte. La jeune femme la ferma avec le coude.

– Qui c'est qui ? Il n'y a personne.

Un bref regard sur le visage des deux garçons lui apprit qu'elle ne les convaincrait pas. Imre avait l'air franchement traumatisé. Et Zsolt oscillait entre l'excitation et le malaise.

– L'homme nu, dit Imre, celui avec la bite.

Ági hoqueta. Le mot, dans sa bouche d'enfant, était affreux. Elle tenta d'entraîner les garçons vers la cuisine mais Imre, bloqué, le regard vide, tapait du pied devant la porte.

– Dis qui c'est, répétait-il. Montre-le-nous.

– Quoi ?

– Montre-le. L'homme nu.

On aurait dit qu'Imre parlait d'une espèce animale rare. Une bête qui dormirait dans une cage et qu'Ági pourrait livrer à leur curiosité.

– Il ne parle pas hongrois, dit-elle.

Les deux garçons méfiants et butés la dévisagèrent quelques secondes.

– Il ne parle pas hongrois ? demanda Imre.

La chose lui paraissait impossible. Bien sûr, il savait que dans les autres pays du monde on parlait toutes sortes de langues différentes mais que, dans l'appartement d'Ági, se trouve un homme – un homme nu – à qui le hongrois était étranger lui semblait surréaliste.

– Est-ce que c'est un Russe ? voulut savoir Zsolt.

Il avait entendu beaucoup de choses vulgaires à propos des jeunes filles hongroises qui se mettaient avec des soldats russes. C'était l'expression de sa mère, « se mettre ».

– Non, dit Ági.

– Est-ce que c'est un Américain ? demanda Imre.

Ce n'était évidemment pas un Américain. Mais la question découlait de la précédente. Il s'agissait après tout des deux nationalités les plus intéressantes du monde. Le reste serait forcément un peu décevant. Quoique, pensait Imre, un Papou serait une belle surprise. Mais il n'osa pas demander à Ági si c'était un Papou. Il avait peur qu'elle se décide à lâcher le maquillage et à leur donner des gifles.

– C'est un écrivain, dit Agnès.

Elle utilisait le mot comme s'il s'agissait d'une nationalité quelconque. Les deux garçons hochèrent la tête en silence et se décidèrent à lui emboîter le pas vers la cuisine.

La jeune femme se débarrassa de son chargement sur la table. Elle sortit une houppe et un pinceau d'une longue boîte de bois clair.

– Qui est-ce que je peins le premier ? demanda-t-elle.

Imre lui trouva un ton trop enjoué. Elle essayait de faire oublier l'homme nu derrière la porte. Offusqué et royal, il s'assit sur la chaise en lui adressant un regard lourd de blâme.

Ági commença par lui laver le visage avec un chiffon mouillé pour ôter les traces de sang séché. Imre tressautait sur sa chaise chaque fois que le linge se posait sur une des parties endolories de son visage.

– Tu es vraiment tombé sur une brute, commenta Ági.

Brusquement gêné, Zsolt entreprit de compter les carreaux de carrelage sur le sol de la cuisine.

Ági accomplissait sa tâche avec professionnalisme. Elle cherchait les meilleures teintes, rosissait les pommettes, fonçait le contour des yeux. Les bleus et les violets de la peau meurtrie disparaissaient progressivement sous plusieurs couches de fond de teint, sous un nuage de poudre. Quand elle tendit un petit miroir de poche à Imre, celui-ci observa son reflet avec délectation. Il se trouva des airs de vedette de cinéma. Ou de publicité géante. Il essaya deux ou trois sourires différents et les trouva tous parfaits. Dans sa joie, il faillit presque oublier l'homme à la bite mais Ági lui reprit le miroir des mains en murmurant :

– Ce serait bien que tu ne dises rien aux parents.

– Tu vas l'épouser ? demanda Imre

Son amour pour Ági avait beau être immense et exclusif, il avait à peu près compris à ce stade de son développement qu'il ne lui serait pas possible de l'épouser lui-même. Il était prêt à accepter que la place du mari – qu'il jugeait insignifiante – soit occupée par un autre. Tant que ce n'était pas Zsolt. Il aurait même aimé voir sa sœur en robe de mariée et pouvoir assister à une fête où il y aurait certainement de la nourriture à foison. Et des gâteaux. Il avait la confuse impression qu'après ce qu'il venait de voir par le trou de la serrure, on lui devait des gâteaux. Beaucoup. Mais Ági soupira et dit :

– Je ne sais pas.

– Pourquoi ? insista Imre.

– C'est compliqué.

On voyait à ses yeux que l'idée lui aurait plu. Avec ses boucles brunes, ses dents blanches et son corps longiligne, elle était pour Imre et pour Zsolt la plus belle femme du monde. Que quelqu'un puisse avoir la possibilité d'épouser Ági et ne le fasse pas leur semblait illogique, presque absurde. L'homme à la bite devint un mystère encore plus grand : d'où venait-il pour ne pas comprendre la chance qu'il aurait d'épouser la jeune femme ? Peut-être qu'il était réellement papou.

– C'est beaucoup trop tôt, dit Ági, je ne sais même pas s'il va rester.

Elle avait l'air un peu triste soudain. Pour l'arracher

à ses pensées, Zsolt s'installa à son tour sur la chaise à maquillage.

– Occupe-toi de moi maintenant.

Il détailla l'emplacement de chaque éraflure, forçant Ági à se concentrer sur l'application du fond de teint. Quand elle s'arrêtait, le pinceau en l'air, il reprenait avec plus d'entrain :

– Et l'oreille aussi, tu dois faire l'oreille, je suis sûre qu'elle est rouge.

Après quelques minutes, le sourire d'Ági revint. Elle écoutait Zsolt babiller joyeusement, trouant ses tirades de « et l'arête du nez » ou « juste sous le menton ».

– C'est Brejnev, commença Zsolt en imitant de ses deux index les sourcils énormes du secrétaire général, qui décide d'inviter sa mère au Kremlin pour lui montrer qu'il a réussi. C'est la première fois que la vieille sort de sa campagne.

– Oh, je la connais, dit Imre d'un ton méprisant.

Mais Zsolt poursuivit :

– Brejnev veut l'impressionner, alors il lui montre tout : les tableaux et les statues de lui, sa voiture avec intérieur de velours, son hélicoptère, le lustre de sa chambre... Mais plus il en montre, plus la vieille dame semble se fermer. Il en rajoute encore, « Regarde, maman ! », et cette fois c'est la vaisselle en or, les gens qui embrassent ses bottes, les autographes des plus belles actrices de Russie... Mais la vieille madame Brejnev, ça ne la réjouit pas, elle secoue la tête comme ça, avec commisération.

« Mais enfin, maman, explose Brejnev, tu voulais que je devienne quelqu'un ! Qu'est-ce qu'il te faut de plus ?
– Oh Leonid, répond la mère inquiète, tout ça c'est très bien, c'est très bien. Mais qu'est-ce qui va t'arriver si les communistes reviennent ? »

– Si les communistes reviennent, répéta Imre en écho pour montrer qu'il savait déjà comment la blague allait finir.

Quand les deux garçons se séparèrent sur le trottoir devant chez Ági, Imre s'arrêta après quelques mètres pour surveiller Zsolt qui s'éloignait. Il avait peur qu'il ne s'agisse que d'une feinte et que son ami ne tente ensuite de retourner à l'appartement d'Ági. La présence de l'homme à la bite n'était pas pour lui une garantie suffisante que Zsolt se tiendrait à l'écart. Un garçon capable de passer son meilleur ami à tabac pour cinquante forints ne méritait pas la moindre confiance. Mais Zsolt disparut au coin de la rue et ne revint pas en arrière. Soulagé, Imre prit le chemin de la gare en essayant différentes poses d'acteur devant les vitrines éteintes.

Dieu et l'ordre ancien

Sara Mándy était morte en 1955, d'un excès de communisme si on en croyait le grand-père. Pál avait dix ans.

Elle reposait dans le grand cimetière de Kerepes, à l'est de la ville. Sa tombe était un carré de fleurs entouré d'une barrière basse et à la tête duquel trônait une petite croix de bois protégée d'un toit, semblable à une maison à oiseaux. La planche horizontale de la croix indiquait : Sara Mándy, née Toth, 1920-1955. C'était une chose rare, beaucoup de femmes se faisaient enterrer sous les nom et prénom de leur mari. Les voisines de tombes de Sara s'appelaient Mme Peter Katona, Mme Robert Krudy, comme si elles n'avaient jamais été jeunes filles. Leur identité propre n'était lisible nulle part.

Imre accompagnait souvent Pál au cimetière. Ils arrachaient les mauvaises herbes du carré de fleurs, en silence. La terre noire leur restait sous les ongles. Imre n'osait pas poser de questions. Il tentait d'imaginer le traumatisme que pouvait représenter la mort d'une mère. Il essayait de concevoir la vie sans le fauteuil d'Ildiko pour le protéger de ses peurs d'enfance. Il n'y parvenait pas. Il aurait aimé savoir si la nature mélancolique de son père venait de cette perte précoce.

Le grand-père laissait entendre que Pál n'avait jamais beaucoup parlé, même lorsque Sara était encore en vie. C'est un poisson, disait-il, il a le sang froid. Ou encore : C'est le fils de sa mère et de la tristesse, jamais moyen de lui tirer un sourire.

Le grand-père n'avait pas de mots tendres pour Pál, leur relation était étrangement distante. Leurs chagrins de veuf et d'orphelin ne se rejoignaient pas, ne se partageaient jamais.

Pour Sara non plus, pas de mots tendres. Seulement la colère. À chaque évocation de sa femme, le grand-père n'avait que les jurons qui lui venaient à la bouche pour maudire Staline, Rezsö Seress et les jardiniers. Il semblait penser qu'un étrange complot les avait réunis dans le but d'ôter la vie à Sara.

Imre avait été bercé par ces insultes qu'il ne comprenait pas. Pourquoi les jardiniers, en particulier, lui échappait. Mais pour lui les jurons étaient désormais associés à la défunte. Sara se présentait dans son imagination entourée d'un chapelet d'injures.

Il avait une fois demandé à son père de lui parler un peu d'elle et Pál avait répondu :

– Elle avait un grain de beauté sous l'œil.

Imre n'avait rien pu en tirer de plus. Il savait déjà à

quoi ressemblait sa grand-mère. Il y avait une photo de son mariage dans le vieux missel que conservait Pál. Elle était petite et mince, avec un visage d'enfant, deux grands yeux bruns et calmes – ceux dont Imre avait hérité – et un large grain de beauté juste sous les cils du côté gauche. Par son grand-père et par ses tantes, il avait recueilli des bribes d'informations mais trop peu à son goût et elles ne concordaient pas toutes. Il y avait un mystère autour de Sara.

– Le petit curieux devient vieux trop tôt, lui répétait Ildiko.

Mais Imre aurait voulu connaître sa grand-mère. Tout ce qu'il savait d'elle était que sur sa tombe, Sara avait voulu conserver son nom à elle. Sa vie n'avait pas été assimilable à celle du grand-père. Et Imre respectait son ancêtre inconnue pour cette indépendance jusque dans la mort.

Il aurait été déçu d'apprendre que sa vie n'avait pas été extraordinaire. Sara Toth avait partagé le destin de beaucoup de jeunes filles de son époque.

Les années 20 avaient été une période difficile pour la Hongrie qui sortait de la Première Guerre mondiale en ayant perdu les deux tiers de son ancien territoire et son statut royal. *Nous n'avons plus de mer, nous n'avons plus de montagnes, où sont passées les forêts de mon enfance ?* demandait tristement une chanson populaire. Sara pour qui l'ordre du monde était une chose sainte avait grandi avec l'espoir qu'elle verrait un jour la couronne de saint Étienne se poser à nouveau sur une tête légitime. Elle croyait que l'avenir de son pays tenait dans la renaissance d'un royaume hongrois. Après la guerre, il y avait eu un bref chaos. Le gouvernement communiste de Béla Kun – une aberration, selon Sara – avait été rapidement remplacé par le régime conservateur de l'amiral Horthy, devenu régent du pays. Il avait soigneusement mis en scène sa prise du pouvoir, entrant dans la ville sur un cheval blanc, sanglé dans son uniforme. Mais un régent n'était pas un roi et un amiral dans un pays désormais sans mer frôlait le ridicule.

Sara rêvait souvent au passé : elle aurait voulu être née sous l'Empire, à l'époque où les familles royales d'autres pays d'Europe venaient en visite au Château. Elle aurait voulu regarder passer les princes et les princesses dans leurs voitures ornées et leurs tenues de bal. Des êtres d'exception, chéris du Seigneur. Le rapprochement de la Hongrie avec l'Allemagne nazie dans les années 30 la laissa bouche bée. Elle trouvait que Hitler n'avait aucune élégance et regrettait encore plus amèrement le temps où les dirigeants d'un pays étaient des aristocrates élus de Dieu et non des petits militaires agressifs. En 1944, lorsqu'un commando allemand s'introduisit la nuit dans le Château pour enlever le fils du régent, obligeant ce dernier à nommer Szálasi Premier ministre, Sara fut confortée dans son idée que les nazis étaient des démons sans aucun honneur.

Elle avait grandi à Várpalota, une petite ville minière

de Transdanubie, et son éducation avait été prise en charge par les sœurs. À chaque fête religieuse, elle rejoignait les processions et s'abandonnait à la marche lente de la foule, aux bourdonnements des chants. C'était uniquement dans ce contact avec Dieu qu'elle retrouvait un peu l'ordre du monde tel qu'il aurait dû être et qui lui avait été dérobé par les soubresauts de l'Histoire.

Les étés de son enfance, il y avait encore un montreur d'ours qui venait sur la place de Várpalota faire danser sa bête. Mais il faisait partie des derniers. La guerre semblait avoir chassé de Hongrie et la noblesse autrichienne et les bohémiens. Les premiers étaient rentrés à Vienne, comme il allait de soi. Mais qu'étaient devenus les autres ? Sara imaginait parfois que derrière une des nouvelles frontières du pays s'était formé un petit village d'ours danseurs et de liseurs d'avenir. On y croisait les bêtes sur leur monocycle et leurs dresseurs, le fouet passé dans la ceinture, qui s'échangeaient des souvenirs de leurs tournées internationales, au temps de la Mitteleuropa.

En 1934, les parents de Sara étaient morts sous le toit des Halles qui s'était effondré un jour de marché, tuant neuf personnes. Sara avait dû quitter la maison familiale pour rejoindre ses deux sœurs aînées à Budapest. Elles tenaient une boutique de tissus d'aménagement. Sara pliait avec sérieux les coupons qui sentaient la poussière et glissait entre eux des petites guirlandes de marrons pour tenir les mites à l'écart.

Elle parlait peu, consacrait ses journées à prier pour l'âme de leurs parents. Ses sœurs pensaient qu'elle deviendrait nonne. Financièrement, le couvent les aurait arrangées.

Mais Sara rencontra Imre Mándy à l'église, à Pâques 1937. Il avait vingt ans et dans son uniforme de gendarme flambant neuf qui craquait aux articulations, il représentait la défense de l'ordre si cher à Sara, la bonne tenue du monde. Il lui avait plu tout de suite. Sur la photo de mariage, il portait son uniforme. La chose avait toujours intrigué Imre qui pensait que son grand-père travaillait à la compagnie des chemins de fer.

– C'était avant, commentait le grand-père quand le garçon lui mettait la photographie sous les yeux.

– Avant quoi ? voulait savoir Imre.

– Avant la guerre, disait le vieux, après ce n'était plus pareil… Après c'était mieux d'être soudeur. L'uniforme ça n'avait plus le même sens. L'église non plus d'ailleurs.

– C'est pendant la guerre que tu as été blessé à la jambe ?

Imre avait été très impressionné quand il avait aperçu son grand-père jambes nues, dévoilant une colonne de chair brune et noueuse, un arbre bosselé, creusé, sans souplesse.

– Non. C'était après. Plus tard. Après ta grand-mère, même.

– Qu'est-ce qui s'est passé ?

– Demande à ce fils de pute de Staline.

Ildiko couvrait précipitamment les oreilles de son fils de ses deux mains potelées. Elle avait peur qu'il répète les propos du grand-père à l'extérieur.

À la fin de la guerre, les deux sœurs de Sara avaient été envoyées par les Russes dans une mine de sel. Après plusieurs mois de travaux forcés, elles avaient décidé de mettre fin à leur vie en s'empoisonnant avec le sel remonté des galeries. Elles en avaient avalé de grosses poignées grises et crissantes. Sara ne les avait jamais revues. Imre Mándy et les trois enfants qu'ils avaient ensemble étaient devenus sa seule famille.

Pál était le plus jeune. Il était, de loin, le préféré de sa mère. Ses sœurs, Panka et Eszter, avaient neuf mois d'écart et ne jouaient que toutes les deux. Elles demandaient à être considérées comme des presque jumelles. Elles pensaient que les hommes étaient un genre inférieur parce que Pál pissait encore au lit longtemps après elles. C'est parce qu'il est petit, expliquait Sara. Mais elles ne voulaient lui donner aucune excuse.

Leur manque d'affection pour lui venait principalement du fait que Pál ne leur ressemblait pas. Imre était frappé à chaque fois par l'absence d'air de famille entre Pál et ses sœurs. La chose était d'autant plus évidente que les deux presque jumelles étaient le portrait craché l'une de l'autre, même parvenues à l'âge mûr. Elles avaient la mâchoire forte de leur père, les mêmes sourcils bruns et les mêmes yeux verts. Elles étaient petites, trapues, et leurs doigts étaient étonnamment courts. Pál, au contraire, était mince et long avec des yeux ronds et bruns. On disait qu'il ressemblait beaucoup à Sara.

– Et pourquoi pas à toi ? avait un jour demandé Imre à son grand-père.

– Qu'est-ce que ça peut foutre ? avait répondu le vieil homme.

Et il avait recommencé à jurer entre ses dents que le monde pouvait bien disparaître. Qu'ils crèvent tous. Et la mort sur les jardiniers.

Pál était resté longtemps dans les jupes de sa mère. Elle s'asseyait dans un coin du salon, immobile, et priait pour ses sœurs disparues en Russie et qui n'avaient pas de tombes où aller pleurer. Son immobilité et les murmures de ses prières ne dérangeaient pas le petit garçon. Il aimait le missel qu'elle tenait entre les mains. Les dessins lui plaisaient, les broderies sur la couverture. Il aimait tout ce qui est ouvragé. Sara lisait les oraisons du jour et il chantait les cantiques avec elle.

– Ce n'est pas chanter, disait le grand-père, quand il n'y a pas de paroles et qu'on ne desserre pas les lèvres, ce n'est rien du tout.

Les deux sœurs, elles, ne pensaient qu'à l'émancipation. Elles ne comprenaient pas leur mère. Elles ne la trouvaient pas assez moderne à leur goût. Pál était le seul des enfants qui avait été réceptif à la nostalgie violente de Sara, à son désir d'ordre. En remerciement, elle lui avait donné Dieu.

Il avait été difficile pendant les premières années du

régime communiste de fournir une éducation religieuse aux enfants de la maison au bord des rails. Le catéchisme n'était pas interdit mais il faisait partie de ces cours optionnels que proposaient les écoles sans que personne ne soit bien sûr de la réalité de leur existence. Sara voulait que ses enfants soient instruits de l'immensité de la grâce divine. Elle avait décidé qu'ils assisteraient aux cours de religion quelles qu'en soient les conditions. Dans l'école des deux filles aînées, il fallait attendre jusqu'à une heure avancée de la soirée pour voir arriver timidement l'enseignante. Dans celle de Pál, il fallait se rendre sur place avant le début des cours, à l'aube. Et Sara acceptait de veiller tard et de se lever tôt, de porter les petits sur son dos pour passer les rails pendant la nuit, afin qu'ils puissent entendre parler de Jésus et ne pas mourir damnés. Quand le grand-père lui disait qu'elle finirait dans un camp, ou dans une cellule de prison avec le cardinal Mindszenty que la police politique venait d'arrêter pour espionnage, elle haussait les épaules. Elle ne réalisait pas que son comportement s'apparentait à une rébellion tant elle était sûre que l'Église appartenait à l'ordre du monde tel qu'il devait être. Elle apprenait à Pál à glisser dans ses prières du soir non seulement les noms des membres de sa famille disparue mais aussi ceux des prêtres catholiques condamnés par le régime.

Très vite, les deux sœurs avaient préféré rejoindre leurs amies que d'aller à des cours de catéchisme sans cesse déplacés, reportés et donnés sans enthousiasme. Mais Pál avait continué à se lever avant le soleil, à faire le café dans la casserole de fer-blanc et à marcher dans le noir jusqu'à son école. Il trouvait souvent un mot épinglé sur la porte qui annonçait l'annulation du cours, il s'asseyait alors sur les marches et essayait de penser à Dieu. Il imaginait Marie avec le visage de sa mère, à l'exception du grain de beauté qu'elle avait sous l'œil gauche et qui s'élargissait avec les années. Ça, il le supprimait. Il n'imaginait pas que la peau de la Vierge ait pu souffrir d'une scorie quelconque. Et il s'excusait en pensée auprès de sa mère de ne pas l'aimer entièrement, d'exclure le grain de beauté de son amour filial.

Il avait été très seul quand elle était morte. Son père ne comprenait pas son silence. Ses sœurs le méprisaient.

– Il n'y avait rien à faire, avait dit l'une d'elles à Imre, ton père n'était pas intéressant.

Pál ne parlait jamais de cette époque. Mais Imre était certain que chaque fois qu'il s'asseyait dans le jardin triangulaire et restait immobile face aux trains et aux envols de papiers gras, Pál avait en réalité une discussion intérieure avec Dieu, comme sur les marches de l'école au temps du catéchisme annulé. Et chaque fois, Pál demandait à Dieu de lui rendre des comptes pour sa mère morte trop tôt, morte avant la révolution avortée, avant la jambe brisée du grand-père. Morte encore nécessaire. Mais Dieu ne répondait pas et les trains passaient avec leur pluie de déchets.

Imre en nourrissait de la rancune à l'égard de Dieu. Plusieurs choses avaient déterminé son rapport à la religion très tôt dans son enfance. Premièrement, le fait que Dieu lui ait pris sa grand-mère sans consultation préalable. Deuxièmement, le fait que Zsolt possède une médaille de la Vierge et pas lui. Les deux données lui semblaient injustes. Enfin, l'hymne national de la Hongrie avait achevé de le décourager de lier tout rapport avec le Créateur. Sur une mélodie déchirante, le texte de Ferenc Kölcsey consistait en effet en une longue supplication pour que finissent les malheurs de son peuple : *Prends pitié du Hongrois, Seigneur !/ Si souvent il fut dans les transes !/Tends vers lui un bras protecteur/ Dans l'océan de ses souffrances !/ Donne à qui fut longtemps broyé/ Des jours paisibles et sans peines./ Ce peuple a largement payé/ Pour les temps passés ou qui viennent.* Et Dieu se contentait de faire la sourde oreille depuis des années, malgré la beauté du chant. Imre voyait sur le visage de son père, dans les jurons de son grand-père, la preuve que si le Seigneur existait, il n'était pas pressé d'envoyer aux Hongrois des jours paisibles. Il était sans doute trop occupé ailleurs, comme tous les spectateurs du monde il ne s'intéressait qu'aux grandes puissances. Pour l'Amérique il avait encore du temps, ou pour la Russie. À eux il leur envoyait des signes. Mais en Hongrie, rien n'arrivait. Imre en voulait à Dieu et modifiait légèrement les paroles de l'hymne lorsqu'il devait le chanter. À la place du vers humble qui clamait « *Hélas nos fautes trop souvent ont fait éclater ta colère* », Imre préférait murmurer à Dieu « *Tes fautes trop souvent ont fait éclater ma colère* ». Il avait un peu peur que la foudre s'abatte sur lui à ce moment-là mais il considérait comme sa responsabilité personnelle d'ouvrir les yeux du créateur sur la réalité de la situation. Si Dieu ne réagissait pas rapidement, Imre – et à sa suite le pays tout entier, il en était persuadé – basculerait dans l'athéisme. Ce n'était plus le moment d'hésiter.

Toutes les choses ouvragées

Pál avait aimé sa mère plus qu'aucune femme.

Nulle autre ne lui procurerait la même quiétude, la même certitude que le bonheur était là. Il le savait. C'était triste mais les choses sont ce qu'elles sont. La vie de Pál avait atteint son sommet lorsqu'il avait dix ans et le reste ne lui apportait plus que des sensations faibles et pâlies.

À présent, il avait Ildiko et il l'aimait autant qu'il le pouvait. Sa solidité, sa force le rassuraient. Ils s'étaient rencontrés dans la gare. Il la voyait tous les jours en allant travailler, derrière la vitre du guichet des voyages intérieurs. Tout le monde connaissait Ildiko pour sa bonne humeur et ses longs rires. Sa peau était pâle, sauf aux joues où elle rosissait comme si Ildiko arrivait à l'instant d'une promenade au grand air. Ses cheveux châtains tournaient au blond dès qu'il y avait un rayon de soleil.

Elle venait s'acheter un roulé au pavot tous les mercredis. C'était son jour préféré. Elle s'autorisait un dessert en plus du repas servi aux employés de la société des chemins de fer. Pál lui faisait un peu peur avec son sourire triste et sa figure allongée mais elle le trouvait gentil. Ildiko avait eu des parents violents qui se battaient régulièrement avec des ustensiles de cuisine. Sa mère était morte dans une de ces disputes, Ildiko avait refusé de revoir son père quand il était sorti de prison. Elle pensait depuis que la gentillesse était la première qualité d'un homme. La douceur de Pál, qui confinait presque à de la faiblesse, était pour elle d'une élégance extrême. Et les roulés au pavot étaient bons. Elle lui proposa un jour d'aller au cinéma avec elle.

Ils n'étaient ni l'un ni l'autre amoureux quand ils se fiancèrent. Leur relation était pleine de la gêne et de la maladresse des corps qui ne sont pas habitués à marcher côte à côte. C'était en 1965, Pál avait dix-neuf ans. Ildiko vingt et un.

Ils revenaient de l'île Marguerite où ils étaient allés manger des *lángos* au bord de l'eau quand ils aperçurent la file d'attente devant la bijouterie. Les métaux précieux étaient sous le contrôle de l'État et, à moins de trouver une famille ruinée qui revendait à la sauvette les derniers objets d'une gloire éteinte, il était très difficile de se procurer des bijoux. L'or et l'argent disparaissaient de la vente sans que quiconque en connaisse la raison et pouvaient ne revenir en magasin que des mois plus tard, parfois des années. Les ressources minières de la Hongrie étaient capricieuses : les filons existaient mais l'exploitation demandait des trésors d'ingéniosité et un budget considérable. L'État se refusait à l'admettre, lançait régulièrement de nouvelles opérations. Il y avait toujours un scientifique pour suggérer un nouveau moyen qui suscitait l'enthousiasme. On irait chercher, avec les dents s'il le fallait, le filon d'argent caché sous le sol. Mais dans la réalité, les écrins restaient vides.

La file d'attente indiquait que la bijouterie devant laquelle passaient Pál et Ildiko venait d'être approvisionnée. C'était un événement rare. Et comme chaque fois qu'un produit réapparaissait après un épuisement sans fin, la population s'empressait de le stocker, même si elle n'en avait pas réellement besoin. À voir l'impatience de ceux qui piétinaient devant la porte de la boutique, on aurait pu croire qu'ils allaient nourrir leurs enfants de ces bagues en or, de ces chaînettes d'argent. L'excitation de voir les bijoux revenir les transformait en produit de première nécessité.

À la vue de la file d'attente, Ildiko ralentit le pas et sa trajectoire s'infléchit tout naturellement vers le trottoir occupé. C'était la sagesse des démocraties populaires. Pál la suivit sans protester. Lui-même s'était surpris à penser qu'il manquait une petite croix d'argent sur le missel de sa mère qu'il aimerait pouvoir remplacer.

Ils prirent tous les deux place dans la file. Il devait y avoir une quarantaine de personnes. Ils avaient eu la chance d'arriver tôt. Ils piétinèrent longtemps, immobiles et muets. Leurs chevilles étaient douloureuses et les os de leurs pieds semblaient près de transpercer leurs chaussures. Derrière eux, la file s'allongeait de plus en plus.

Un garçon d'une dizaine d'années sortit de la bijouterie avec précipitation et lança très fort :

– On n'a plus de bracelets !

La foule s'agita, gronda. Une femme quitta la file d'attente avec tristesse.

– Est-ce qu'il y en a qui sont là pour des alliances ? cria le garçon sur le seuil.

Un jeune couple à l'extrémité de la file remonta triomphalement le trottoir pour entrer dans le magasin. On les dévisagea avec jalousie. Ceux qui restaient à attendre regardaient leur propre alliance avec stupéfaction, tâchant de se rappeler comment ils se l'étaient procurée. Les vieux n'avaient pas le souvenir de ces attentes interminables, de ces rationnements. On avait des alliances quand on en voulait. Ils trouvaient soudain un peu dommage de ne s'être mariés qu'une fois.

– Vous devriez y aller ou vous n'aurez plus rien, dit la femme derrière Pál et Ildiko.

Ils se retournèrent sans comprendre. Elle leur faisait signe d'avancer jusqu'à la boutique. Le garçonnet appelait encore. Ildiko rougit et tenta de s'expliquer :

– Oh non, oh non, bafouilla-t-elle, ce n'est pas pour des alliances…

La femme haussa les épaules.

– Vous avez tort, dit-elle. Imaginez que vous décidiez de vous marier dans six mois. Vous croyez que vous allez trouver quelque chose à ce moment-là, hein ? Qu'ils réapprovisionneront juste pour vous faire plaisir ?

Et elle haussa encore les épaules.

Ildiko regarda timidement Pál. Il n'avait pas l'air de comprendre ce qu'on voulait de lui. La situation le rendait nerveux et il tirait sur son col de chemise.

– Est-ce qu'on devrait avancer ? demanda gentiment Ildiko.

– Je voulais juste une petite croix d'argent...

– Je sais.

– ... pour le missel.

– Je sais. Ça va aller.

Ildiko lui prit la main dans sa main potelée et ils remontèrent à leur tour la file d'attente. Les alliances étaient de simples ronds d'argent, sans ornement et sans finesse, présentés dans des petites boîtes de carton jaunâtre. Ildiko les examina rapidement puis s'empara d'une des boîtes et la glissa dans la main de Pál.

C'est de cette manière que les parents d'Imre se fiancèrent. Ils quittèrent la boutique en mesurant du regard la file d'attente qui s'étirait désormais jusqu'au coin du pâté de maisons. Les joues d'Ildiko étaient roses de plaisir. Pál était triste car il avait oublié d'acheter la petite croix.

Ils se marièrent un an plus tard, de la même manière : on aurait dit là aussi qu'ils suivaient une file d'attente. Ils se marièrent pour utiliser les alliances qu'ils avaient achetées. Ildiko, dans sa robe blanche, pensait déjà à découdre les jupons pour la transformer en robe d'été. Il faudrait couper les manches, aussi. Elle souriait de l'air ahuri de Pál.

Elle tomba enceinte le soir de la nuit de noces et ne perdit jamais les dix kilos pris pendant sa grossesse. Elle était ronde et forte comme un fût. Quand ils marchaient côte à côte dans la rue, leurs silhouettes contraires faisaient sourire.

Tout au long de leur vie commune, Ildiko n'eut jamais à se plaindre de Pál. Il ne buvait pas, n'élevait pas la voix, rentrait toujours à l'heure. Son silence la désemparait un peu. Elle aurait bien voulu un homme qui raconte des histoires, quelqu'un qui la fasse rire. Mais elle s'habitua comme elle pouvait à la rareté de ses phrases. Quand elle voulait parler, elle provoquait des disputes avec le grand-père, alors les mots fusaient à toute vitesse.

Elle aimait son mari, même silencieux. Sa fragilité l'émouvait. Elle le trouvait plus noble et plus beau que le commun des mortels. Elle sentait cependant qu'elle ne faisait pas réellement partie de son monde. Ils se couchaient le soir dans le grand lit et Pál relisait le missel usé de sa mère, absorbé dans une profonde mélancolie qui ne laissait à Ildiko aucun espace d'existence. Mais elle était pragmatique et quand elle se sentait verser dans la tristesse, elle parvenait toujours à se consoler en se rappelant les cris, les coups, les bleus sur la peau de sa mère.

– Toutes les douleurs de l'arc-en-ciel, disait la vieille voisine qui gardait les enfants quand les choses tournaient mal dans la maison d'Ildiko.

Elle avait évité cette vie, elle n'avait pas répété l'erreur. Et son amour pour Pál redoublait à cette pensée. Elle le laissait s'absorber dans le petit livre de prières sans le déranger, persuadée que ce qu'il lui apportait était bien suffisant.

Pál avait une vraie fascination pour le missel, pour la délicatesse des fleurs en ivoire incrustées dans la couverture et pour la trace douloureuse de la petite croix perdue à l'arrière. Il trouvait que l'objet n'avait pas d'égal en beauté, en finesse, en féminité. Les choses ouvragées attiraient son œil : les broderies, les peintures, les guirlandes sculptées sur les frontons des bâtiments. Elles lui rappelaient le livre de prières.

Un soir, en sortant de la gare fumer une cigarette, il aperçut dans la devanture d'une boutique de lingerie un ensemble de sous-vêtements dont le motif floral reproduisait à la perfection celui du missel. Sans réfléchir une seconde, il entra et acheta le modèle en vitrine. C'était un tissu synthétique bon marché, la soie était quasiment impossible à trouver et bien trop chère pour lui. Mais l'entrelacs des fleurs et des feuilles était le même que celui que Pál avait contemplé toute son enfance sous les doigts de sa mère. Des tiges courbes servaient d'appui à l'escalade de grandes feuilles dont la plus haute avait la forme d'une aile d'oiseau. Au milieu de leur foisonnement, une fleur à peine entrouverte et à la confusion dentelée d'un iris penchait ses pétales vers le sol. Le motif ne se répétait que deux fois, face à face, sur la couverture du missel. Mais sur la combinaison, la culotte et le soutien-gorge que Pál venait d'acquérir, il existait en des centaines d'exemplaires. C'était un champ entier de fleurs. Pál était grisé.

Il lui fallut le temps du trajet retour pour s'apercevoir de la nature problématique de l'objet qu'il rapportait chez lui, empaqueté dans du papier gris dont il avait déjà arraché les scotchs pour glisser un regard heureux à l'intérieur.

Ildiko ne comprit jamais pourquoi son mari avait subitement décidé de lui offrir un ensemble de lingerie qui n'était pas à sa taille et qu'il ne lui demanda jamais de porter. Elle mit l'incident sur le compte de sa bizarrerie et le rangea dans le tiroir de la commode d'où elle ne le sortit plus. Quelques années plus tard, Zsolt devait tomber dessus en fouillant la chambre des parents d'Imre pendant un après-midi pluvieux. Croyant qu'elle était à Ági à cause de la taille, il emporta la culotte. Pál, qui conservait l'habitude d'ouvrir régulièrement le tiroir pour admirer les fleurs ternies, ne s'expliqua pas cette disparition.

La femme des bains

Le 27 juillet 1986, Queen donnait un concert à Budapest. C'était la première fois qu'un groupe occidental venait jouer en Europe de l'Est depuis 1965, l'année de la venue de Louis Amstrong.

– C'est trop gentil de la part de l'Amérique : nous envoyer un nègre et un pédé, merci bien ! disait à la radio un notable communiste raciste et homophobe.

– Pays de merde, grommela Imre en quittant la table de la cuisine.

Ildiko sursauta.

– En plus ils sont anglais, pas américains.

– Quelle différence ? demanda le grand-père.

Imre eut le temps, en déposant son assiette dans l'évier, de supplier le destin de lui permettre de quitter cette maison et la Hongrie le plus vite possible.

Il n'avait pas pu avoir de billet pour le concert. C'était un événement qui attirait toute la jeunesse du pays, et même au-delà : des fans arrivaient par centaines d'Ukraine ou de Russie. Imre et Zsolt avaient décidé de tenter d'entrer dans le stade coûte que coûte. Ils voulaient profiter de l'hystérie collective pour rencontrer des filles.

Imre hésita des heures sur la tenue à porter. Il avait grandi très vite pendant les deux dernières années et ses vêtements lui semblaient tous souligner la maladresse de ses jambes et de ses bras trop longs. Il se décida à emprunter une des chemises de son père mais quitta la maison sans être sûr d'avoir fait le bon choix. Le petit cabinet de toilette de la maison au bord des rails ne disposait pas d'un miroir lui permettant de se voir en pied.

– Tu me fais honte, dit Zsolt en souriant, quand il le vit arriver avec ses cheveux plaqués en arrière et sa chemise bleu clair boutonnée trop haut.

– Merci, toi aussi, répondit Imre d'un ton léger.

Mais il était vexé. La désinvolture avec laquelle son ami portait son jean et son t-shirt habituels le blessait autant que ses paroles. Zsolt ne faisait aucun effort pour plaire et pourtant les gens le regardaient.

Le stade se remplit en quelques minutes de spectateurs qui ne revenaient pas de leur chance. Les filles passaient par grappes colorées devant Zsolt et Imre, elles étaient magnifiques. Elles avaient les cheveux crêpés et les yeux brillants, les lèvres roses, l'air apprêté et sauvage à la fois. Ils leur souriaient en faisant semblant de tâter leurs poches à la recherche de leurs billets. Elles leur adressaient parfois un petit signe puis disparaissaient à l'intérieur.

Ils étaient plusieurs milliers à rester dehors, pressés contre l'entrée du stade. Certains pleuraient. Ils avaient voyagé des heures pour pouvoir être là. Zsolt et Imre parlementèrent longtemps avec les agents de sécurité mais n'obtinrent aucun passe-droit. Ils réussirent à se convaincre que ce n'était pas si grave : les filles à l'intérieur n'auraient eu d'yeux que pour Freddy Mercury, elles n'auraient jamais fait attention à eux. Celles qui s'étaient vu refuser l'entrée en revanche ne demandaient qu'un peu de réconfort. Zsolt roula une cigarette en laissant son regard traîner autour de lui.

– Chacun pour soi et Dieu pour tous, dit-il en souriant à Imre alors qu'il disparaissait dans la foule.

Imre erra un moment de groupe en groupe, timide et emprunté, feignant d'écouter avec attention la musique qui leur parvenait depuis l'intérieur du stade. Il se mêla aux hurlements de joie quand Freddy Mercury interpréta une vieille chanson hongroise. *This is a very special song from Queen to you*. Ils étaient tous émus qu'il ait fait un tel effort. C'était une chanson d'amour et de printemps. Imre prit la main d'une petite brune, but une gorgée de sa bouteille de bière puis rentra chez lui quand elle s'avéra être déjà accompagnée.

Zsolt, lui, ne réapparut pas de la soirée.

Sa nouvelle obsession pour le sexe angoissait beaucoup Imre. Il observait la relation de ses parents et elle ne lui paraissait pas basée sur les mêmes rapports entre hommes et femmes que ceux qu'il imaginait. Ils menaient une vie calme et confortable, à mille lieues des passions qui l'agitaient lui. Il aurait aimé interroger Ági mais il avait honte. Il n'avait jamais ressenti aussi clairement la différence de leurs deux corps. Et il était sûr qu'Ági, avec ses contours de femme, ne pourrait pas comprendre son trouble masculin. Il lui en voulait de façon irraisonnée, comme si elle avait choisi ce corps qui l'éloignait de lui. Il se montrait brusque avec elle, refusait de lui rendre visite, il essayait parfois de la blesser. Sans jamais le formuler, il lui reprochait de ne plus être la confidente parfaite, au moment où il se demandait s'il n'était pas fou, pervers, s'il n'allait pas mourir de ses brûlures internes – juste sous la peau, juste au centre du ventre –, au moment où il aurait eu le plus besoin d'un sourire rassurant d'Ági pour lui dire qu'il était normal.

Il retournait toujours vers Zsolt, la seule personne avec qui il pouvait parler. Mais tout devenait vantardises. Il n'y avait pas de place pour ses angoisses. Il fallait toujours être sûr, il fallait toujours voir grand. Imre s'emportait lui aussi dans des paroles de conquérant et n'avouait jamais ses doutes.

– Quand ils arrêteront de nous faire chier avec la

guerre froide, répétait Zsolt en boucle, on ira en Californie se taper des Californiennes.

Dans son esprit, se taper des Californiennes était la seule revanche valable sur l'Histoire après plus de quarante ans d'occupation russe.

– On sera des rois, là-bas. Ce sont les Hongrois qui ont créé Hollywood, disait Zsolt dans ses jours d'enthousiasme.

Quand il était pessimiste, il se repliait sur une autre version :

– On leur dira qu'on mourait de faim dans un goulag quand on avait quinze ans. Rien que par compassion, elles nous tailleront des pipes.

Imre souriait timidement. Lui et Zsolt avaient écrit une *Ode aux Californiennes d'Amérique* pleine de jeux de mots grivois et de termes amoureux anciens. Ils la chantaient en répétant :

– Quand ils arrêteront de nous faire chier…

En attendant l'ouverture des frontières, Zsolt se consolait avec des Hongroises qui ignoraient qu'elles n'étaient que les remplaçantes des Américaines à venir et Imre ne se consolait pas. C'était tout son problème.

L'été de ses seize ans, il crut qu'il allait en mourir. Il pataugeait dans la piscine des bains Lukács en compagnie d'Ági. Ou plutôt, Ági prenait le soleil dans un coin de la cour et Imre tentait de terminer ses longueurs sans boire la tasse. Il avait horreur d'avaler l'eau de cette piscine. Elle était peuplée de vieux aux rhumatismes effrayants et probablement de tuberculeux.

Bien qu'elle mette rarement un pied dans l'eau, Ági adorait les bains. Elle restait au soleil, absorbée dans l'écoute des clapotements et des battements de pied des nageurs. Le bruit lui évoquait la mer. Elle passait son après-midi de cette manière, loin de l'agitation d'Imre qui courait d'un bassin à un autre, de la piscine au sauna, et qui voulait tout essayer pour épuiser son corps, le faire taire une minute.

Il était en train de terminer sa dixième longueur, presque endormi par le rythme monotone de ses mouvements, quand il aperçut brièvement une tache de couleur vive au moment où il reprenait sa respiration. Les cheveux orange d'une femme. Ses yeux brûlés par le chlore ne pouvaient rien voir d'autre. Il atteignit le bord et cligna des paupières pendant quelques secondes. La femme avait continué son chemin. Elle était désormais à l'autre extrémité de la piscine, celle qu'Imre venait de quitter. Elle s'assit sur un des petits plongeoirs qui longeaient le grand bain et trempa un orteil dans l'eau, avec l'air d'avoir déjà décidé que ça n'irait pas, puis alluma une cigarette.

Imre commençait à la voir mieux. Elle portait un maillot de bain deux-pièces bleu, avec des taches noires, et au pied gauche une sandale à talon beige. Elle avait enlevé l'autre pour tester l'eau. Sa posture indiquait un ennui profond.

Imre sortit de la piscine, évita Ági qui lui faisait un signe de la main et se dirigea vers les douches extérieures pour être plus près de la femme. Il ouvrit grand le robinet et l'eau glacée le frappa en pleine figure, puis sur les épaules, avec une dureté de métal. Ça lui faisait du bien. Ça le lavait des humeurs de vieux qui avaient pu se répandre dans la piscine.

La femme se leva et reprit son tour du bassin. Elle marchait lentement. Ses talons en bois étaient épais, pas très hauts, mais ils faisaient un bruit retentissant. Agressif comme la couleur de ses cheveux.

Quand elle repassa devant Imre, il s'aperçut qu'elle était plus vieille qu'il ne l'avait cru. Elle avait peut-être soixante ans. Son corps conservait encore dans ses grandes lignes la forme d'une femme mais, vu de près, il montrait des faiblesses. La peau se boursouflait par endroits : aux fesses, à la jointure de la poitrine et des aisselles, au menton. On aurait dit des piqûres d'insecte. À d'autres endroits en revanche, la gorge, les seins, la peau semblait s'être vidée. C'était un sac aplati, inutile. Pourtant, malgré les manques et les trop-pleins dus à l'âge, il y avait une féminité dans ce corps qui refusait de s'épuiser. Les sandales à talon soulignaient la cambrure du dos. Depuis l'extrémité de la piscine, dans le brouillard de ses yeux abîmés, Imre n'avait vu que la femme, pas la vieillesse. Elles semblaient maintenant se superposer toutes les deux dans un même corps.

Imre, gêné, ne savait plus que penser. L'odeur sèche

de sa cigarette l'atteignit dès qu'il ferma le robinet de la douche. C'était une odeur d'homme, pensa-t-il. Il alla chercher sa serviette puis se sécha longuement sans cesser de l'observer. Quand elle entra dans le bâtiment pour gagner le sauna, il la suivit.

Dans la petite cabine en bois, il dut se tenir debout car tous les bancs étaient occupés. Il faisait sombre, rougeoyant. Une bande d'hommes au ventre rebondi et aux épaules tatouées parlaient d'un séjour à Héviz. C'était bon pour la santé mais toujours déprimant. Trop de handicapés. On les portait jusque dans les bassins avec de grandes pinces. Bien sûr ils ne guérissaient pas. Le lac ne faisait pas de miracles. Pourquoi est-ce qu'ils allaient encore là-bas ?

La femme n'écoutait pas la conversation. Elle avait les yeux fermés, la tête renversée en arrière. La sueur perlait entre ses seins, là où il était le plus évident que la peau s'étirait vers le bas en longues rides fines. Imre ne pouvait pas s'empêcher de la regarder. Était-elle belle ? Une seconde sur deux, il la voyait femme et l'autre il la voyait mourante. À seize ans, chaque signe de vieillesse sur les autres est un pas vers la disparition. Plus il la regardait, plus il était confus et plus il sentait le besoin de la regarder encore. La peau de son ventre se fripait quand elle était assise, dessinant des cartes de désert entre les seins et le pubis. Elle portait aux orteils un vernis brun-rouge, comme du sang sec. Au front et sur le cou, la sueur qui ruisselait emportait un peu de la teinture orange des cheveux en des ruisseaux jaunâtres.

Quand elle sortit du sauna, Imre la suivit encore. Elle évita le bac de glace et se dirigea vers le bassin à 10 °C. Imre quant à lui saisit la glace par grosses poignées et se l'écrasa sur le visage. Ses oreilles bourdonnaient. Il n'osa pas la rejoindre dans le bassin qui n'était pas plus grand qu'une cuvette. Il pensait qu'elle avait déjà remarqué son manège.

Elle sortit du bassin pour se diriger vers les vestiaires. L'aile était réservée aux femmes, d'abord les douches puis les cabines. Imre la regarda poser la main sur la poignée en sachant qu'il la perdait. Il était triste. Il s'apprêta à retourner voir Ági, dépité.

Mais la femme ne disparut pas. Ses doigts quittèrent la poignée juste avant que la porte ne se ferme tout à fait et rompe la magie qui possédait Imre. Par l'entrebâillement étroit, il pouvait voir la pièce secrète, interdite. Dans un premier temps, une grosse femme qui se lavait les cheveux occupa tout son champ de vision. Ses vergetures traçaient des arbrisseaux sur sa peau blanche, ses seins étaient énormes. Elle avait une nudité royale, détachée de tout propos sexuel. Imre eut honte de l'espionner et voulut quitter son poste d'observation. Mais la grosse femme se dirigea vers la sortie avec une lenteur assurée et, une fois passé le paravent de son corps, Imre retrouva la femme aux cheveux orange. Elle, il ne pouvait pas l'abandonner. Elle était comme une vieille sirène au charme encore puissant. Il aurait eu peur de la toucher mais il avait besoin de la voir. Elle enlevait son maillot de bain devant une des douches. Elle ne faisait pas face à Imre mais il était presque sûr qu'elle souriait, il voyait l'arrondi de sa joue. Il la regarda descendre avec application la culotte du maillot le long de ses jambes. Il ne distinguait pas beaucoup plus de son corps que lorsqu'elle portait son deux-pièces, quelques centimètres à peine. Mais c'était suffisant. Libérée du maillot conçu pour être porté par une naïade de vingt ans, la silhouette de la femme n'était plus ni jeune ni vieille. La comparaison entre le corps réel et ce qu'il aurait dû être s'effaçait de l'esprit d'Imre. Il pensa avec surprise que la nudité était toujours belle peut-être. C'était comme si les corps retrouvaient leur sens plein, débarrassés des obligations sociales des vêtements. Et les rides de la femme aux cheveux orange se montraient avec une telle simplicité qu'elles ne l'effrayaient plus. Il se repaissait du spectacle entier de son corps.

Ses tétons étaient sombres comme de petites statues de bois posées à la pointe des seins. Ils auraient pu rouler soudain, tant leur attache semblait fragile. Quand elle se pencha pour se savonner les pieds, il vit la peau plus foncée, violette, entre ses fesses, la fossette presque invisible de son anus. La sensation qu'il éprouva fut d'une violence surprenante. C'était un coup qui le cueillit au même moment à la tête et au ventre. Il eut l'impression de se disloquer. Sa peau brûla subitement malgré la sueur qui le couvrait. Et il eut faim, une faim terrible, comme si tout le sucre avait disparu de son corps. Il crut qu'il allait s'évanouir. En s'appuyant au mur, il réalisa que son érection était plus qu'évidente. Il la cacha des mains, surpris lui-même de sa propre dureté – il n'avait pas la présence d'esprit suffisante pour être fier. Le simple contact de ses doigts sur la bosse de son maillot de bain suffit à déclencher une éjaculation brève et maladroite. Imre grimaça, gémit aussi bas qu'il le pouvait, s'efforçant de faire face au mur. Après quelques secondes de spasmes minuscules, la stupidité de l'événement le frappa. Il était sur le point de pleurer. Le contact du mur carrelé, froid et humide, était affreux. Imre se sentait très seul. Il aurait voulu pouvoir marcher jusqu'à la femme aux cheveux orange et la serrer fort contre lui, sous le jet irrégulier des douches. Il se contenta de fermer discrètement la porte et se dirigea en titubant vers le bac à glace où il piocha de larges poignées qu'il se colla sur le torse et le visage avec une telle force qu'il se fit saigner la lèvre. Les angles fins lui griffèrent la peau, laissant des dizaines de lignes rouges et légères au travers de sa poitrine et autour de son cou.

Il se lava ensuite au jet d'eau, à l'extérieur du bâtiment. Toutes les traces de ce qui venait de se passer disparurent de sa peau, la sueur, le sperme qui collait son maillot contre ses cuisses, l'odeur qui venait de ses aisselles, âcre comme le café.

Il effaçait le moment. La femme aux cheveux orange avait disparu dans les vestiaires. Elle sortait peut-être déjà des bains pour retourner à sa vie. Elle ne pensait pas à lui. Il continua à se frotter bien après qu'il fut propre. Quand il dirigeait le jet d'eau froide puissant contre son visage, il s'autorisait à pleurer un peu, à peine une seconde. Ça lui faisait du bien.

Ági le retrouva dans le bassin glacé, les lèvres bleuies, le regard perdu, transi de froid sans qu'il semble s'en apercevoir.

– On y va, Imre, dit-elle avec la brusquerie de ceux qui ne comprennent pas une situation.

Ils partirent lentement, les muscles amollis par l'eau. Ils ne se parlèrent pas pendant le trajet en tramway. Ági regardait par la fenêtre et Imre observait la peau fripée de ses doigts. Elle était fâchée contre lui parce qu'il l'avait abandonnée presque tout l'après-midi. Mais Imre ne s'en rendait pas compte. Il était ailleurs.

Il rentra chez lui ce soir-là avec l'impression d'avoir eu son premier rapport sexuel. Il était sûr d'avoir changé.

L'enfant russe

L'année 1956 fut pour Pál une longue succession de traumatismes. Sans Sara, sa vie n'avait plus de sens. Son père et ses sœurs ne s'occupaient pas de lui. Il n'avait jamais l'impression d'avoir manqué à quelqu'un quand il rentrait à la maison.

– Tu es là, toi ? demandait le grand-père sans plaisir.

Les presque jumelles se retournaient pour regarder par-dessus leur épaule comme si elles avaient attendu quelqu'un d'autre. Mais ce n'était que Pál et elles tordaient la bouche de mépris avant de retourner à leurs occupations.

Un soir en débarrassant la table, Pál laissa échapper le pichet. Le grand-père reçut un minuscule éclat dans l'œil et s'écria au milieu de ses jurons qu'il fallait bien être russe pour être aussi con.

– Qui est russe ? demanda une des presque jumelles.

– À ton avis ? répondit le grand-père sans regarder personne.

Il y eut un instant de silence pesant. Le grand-père

tâchait d'extraire la poussière de porcelaine qui s'était nichée sous sa paupière. Il tordait le visage dans des grimaces douloureuses. La lèvre inférieure de Pál se mit à trembler et il quitta la pièce en courant pour que ses sœurs ne s'aperçoivent pas qu'il allait pleurer.

Très vite, le grand-père regretta d'avoir laissé échapper ces mots mais il était trop tard. Il avait donné aux presque jumelles un nouveau moyen de torturer Pál. Sans chercher à comprendre ses propos, les deux filles les adoptèrent aussitôt. Elles ne laissèrent plus une minute de paix à leur petit frère qu'elles n'appelaient désormais plus que le Ruskoff. Pendant la nuit, elles s'amusaient à lui dessiner la moustache de Staline avec du charbon. Quand Pál s'en apercevait au petit matin, il avait vaguement envie de mourir.

Il aurait voulu s'enfuir, ne plus avoir à supporter sa famille. Mais il avait bien trop peur de ce qui se passait dehors. Le pays commençait à se soulever, exaspéré par la présence au pouvoir de Rákosi qui ne comprenait rien à l'âme hongroise – le génie hongrois, comme disait le grand-père – ni d'ailleurs à l'industrie ou à l'économie. On lui aurait pardonné d'être un mauvais chef d'État s'il avait au moins donné l'impression qu'il savait quel État il gouvernait. Or les Hongrois sentaient qu'on leur déniait toute identité. Le gouvernement appliquait au pays des schémas qui ne lui correspondaient pas. Il essayait de prétendre que la Hongrie était une petite Russie.

Le soulèvement qui grondait enthousiasmait le grand-père et les presque jumelles. Mais Pál avait hérité de sa mère la peur de tout changement. Il n'aimait pas cette période trouble. Son père rentrait tard dans la nuit en compagnie de quelques amis qui portaient leur chapeau bas sur leurs yeux. Ils restaient éveillés jusqu'au petit matin à parler de l'exemple polonais. La fumée de leurs cigarettes traversait les planches disjointes du plancher et dans la chambre des enfants, Pál était secoué de quintes de toux. Il se cachait la tête sous les couvertures et tremblait chaque fois qu'il entendait l'un d'eux critiquer le régime.

– Le Ruskoff va encore pisser au lit, disait l'une de ses sœurs.

Et elle reniflait avec dédain.

L'insulte atteignait d'autant plus violemment Pál que des graffitis commençaient à fleurir partout sur les murs et les vitrines des magasins, incitant plus ou moins poliment les Russes à rentrer chez eux.

Minden Ruszki menjen haza.

Ses sœurs ne se privaient pas de commenter les inscriptions lorsqu'elles passaient devant :

– Tu as vu, disaient-elles à Pál, personne ne veut de toi, ici.

Ou alors :

– Qu'est-ce que tu attends pour obéir, le Ruskoff ?

Les cercles d'étudiants et d'écrivains se réunissaient pour discuter de l'avènement de la démocratie. On observait de plus en plus de rassemblements dans les rues. Le 6 octobre, Pál assista stupéfait au défilé d'un cortège de centaines de milliers de personnes qui suivaient en silence le cercueil de Rajk, un homme politique que de son vivant personne n'avait aimé. Il redevenait une figure tutélaire en cette période d'exaspération et l'on se rappelait seulement qu'il était mort en ennemi du gouvernement. Le cortège glissait sur la rue, comme une mer noire et grise de chapeaux et de pardessus. Il se déroulait sans fin, rassemblant des professeurs aux lunettes rondes, des ouvriers à la casquette rêche et des femmes en bottines. Tous avançaient sans cri et sans violence, peut-être trop effrayés encore pour oser un slogan politique. C'était un immense serpent d'eau silencieux qui suivait le cercueil. Mais le calme n'était pas suffisant pour rassurer Pál. Il était certain que l'un des membres du cortège allait s'apercevoir de sa présence et il s'apprêtait à entendre d'une minute à l'autre :

– Regardez, là, le Ruskoff !

La colère de centaines de milliers de personnes serait d'une autre ampleur que les mesquineries de ses sœurs. Blême, en sueur, il regardait le cortège passer en attendant le moment où il fondrait sur lui. Il avait trouvé un renfoncement du mur et il se tenait là, implorant Dieu de le faire disparaître. Le crépi coloré s'effritait sur son manteau à chaque tremblement de ses épaules. De temps à autre, un regard se posait sur lui depuis la masse du cortège et Pál n'osait plus respirer. Il resta tapi deux heures, sûr de sa fin. Mais la foule soudain se fit moins dense et bientôt il ne passa plus que des petits groupes de gens pressés qui trottinaient pour rattraper le gros du défilé.

Pál rentra chez lui, le ventre noué. On l'accueillit, comme d'habitude, d'un ton rogue :

– Tu étais où toi, encore ?

– À l'enterrement de Rajk, dit Pál.

Le grand-père s'étrangla et les presque jumelles ouvrirent tout grand la bouche sans savoir quoi dire. Pour une fois on le laissa tranquille.

Le 23 octobre, la nuit résonna de coups de feu et même depuis la maison au bord des rails on sentait l'odeur de la poudre. La ville s'était soulevée. Elle rugissait, elle éclatait. Pál et ses sœurs étaient seuls chez eux. Il s'était abrité sous son lit. Même si elles avaient prétendu ne pas avoir peur, il avait bien vu que Panka et Eszter se tenaient la main. Avant de s'endormir en tremblant, elles lui souhaitèrent une bonne nuit, ce qu'elles ne faisaient plus depuis des années. Ils craignaient tous les trois de ne plus jamais se réveiller.

Le grand-père ne revint qu'à l'aube. Deux de ses amis le portaient, sa jambe était en miettes. Ils le déposèrent avec douceur dans un fauteuil et le grand-père poussa un long gémissement. En partant, ils aperçurent les enfants, groupés en haut de l'escalier, les yeux emplis de crainte.

– Un accident de soudure, dit l'un des hommes sur un ton peu convaincant, ne vous inquiétez pas.

Les jours chaotiques qui suivirent apportèrent chacun leur lot de nouvelles incroyables : la révolution avait gagné, Nagy était au pouvoir, le multipartisme était restauré.

À la fin du mois d'octobre, il leur semblait qu'ils vivaient un rêve : la Hongrie était neutre et les Soviétiques étaient partis. Le grand-père, sur ses béquilles tremblantes, avait vu lui-même les chars russes quitter Budapest en une longue file grise et grinçante. Il cria : Nous sommes libres !, avant de se mettre à pleurer. Ses enfants ne savaient pas quoi faire. Les presque jumelles lui caressèrent le dos en murmurant : Là, là…

L'insurrection de Budapest avait entraîné la fermeture des écoles mais Pál continuait à se rendre au cours de catéchisme. Le professeur enseignait désormais chez lui, dans un salon aux fenêtres barricadées de grandes planches. Le petit garçon mourait de peur chaque fois qu'il quittait la maison au bord des rails pour s'y rendre mais il n'aurait jamais osé interrompre les leçons. C'était sa manière de rendre hommage à sa mère, de conserver un lien avec elle.

Le 28 octobre, en revenant de chez le professeur, il vit

la mort pour la deuxième fois de sa vie. Elle apparut au coin d'un boulevard dans le 8e arrondissement, alors qu'il s'y attendait le moins. Il tenait dans la main un petit sac en papier contenant la brioche qu'il allait manger lorsqu'il la vit. Il savait qu'il ne devait pas s'approcher du passage Corvin où s'étaient installés une poignée d'insurgés qui refusaient encore de rendre les armes. Il savait que l'endroit était dangereux, que les pavés avaient été arrachés, que des maisons avaient brûlé et il s'en tenait soigneusement à l'écart. Il suivait si consciencieusement les chemins qu'on lui avait indiqués qu'il trouva injuste de rencontrer la mort sur son trajet entre le catéchisme et la maison. Il ne méritait pas de voir ça.

La mort était dans un arbre, la tête en bas. En partie ficelée à l'arbre. La mort avait perdu une chaussure, sa peau était noire et violette, ses yeux écarquillés. Et la mort était nue. Sa chemise avait été rabattue jusque dans sa bouche, dévoilant un torse marbré de grandes taches sombres, et son pantalon avait tout bonnement disparu.

Pál avait affaire à un membre de la police politique. La population s'était violemment soulevée contre l'AVO après que ses agents avaient fait feu sur une manifestation pacifique quelques jours plus tôt. Même les Russes n'avaient pas osé en faire autant. En quelques minutes, des centaines de Budapestois étaient tombés morts devant le Parlement le visage écrasé contre leurs pancartes fraîchement peintes. Les insurgés les vengeaient à présent et la mort fleurissait sur les arbres.

Pál essayait sans succès d'apaiser la panique qu'il ressentait à la vue de ce corps sanglant et martelé qui restait en l'air, attaché par des cordes au tronc d'un platane.

La première fois qu'il avait vu la mort, on aurait dit sa mère en train de dormir. Elle portait sa robe bleue, il y avait des fleurs. Elle était tranquillement allongée dans son cercueil, le corps en repos, la posture civilisée. Cette deuxième image n'avait rien en commun. C'était une autre mort. Plus terrifiante, mais aussi plus honnête. Ce n'était pas une mort qui se déguisait en sommeil pour vous enlever. C'était une mort évidente de souffrance.

Pál s'empressa de murmurer une prière pour garder loin de lui le monstre qui pendait de l'arbre et il quitta le carrefour à reculons, sans pouvoir détourner le regard.

Le 4 novembre, les chars russes qu'on croyait partis entraient à nouveau dans Budapest, écrasant la révolution au passage. La mort devint presque banale, on pouvait la rencontrer en allant au marché, en traversant un pont. Elle restait gravée dans les murs sous forme de salves de balles et dans les pavés arrachés des rues. Le grand-père enfermait les trois enfants à clé avant de quitter la maison. L'affluence de soldats russes le faisait paniquer. Il battit Eszter simplement parce qu'elle avait voulu regarder par la fenêtre.

La résistance armée fut écrasée en une semaine. Dans

la Hongrie sans montagnes, les combattants ne purent trouver aucune cachette, aucun maquis.

Le pays se vida subitement : des dizaines de milliers de Hongrois s'enfuirent par l'Autriche ou la Yougoslavie, plus de vingt mille autres passèrent en jugement pour avoir participé à l'insurrection, certains furent exécutés, d'autres déportés. Un nombre considérable disparut un temps en prison, sans que la longueur de la peine semble jamais proportionnelle aux actes commis.

Panka perdit un de ses soupirants qu'on envoya au gibet fin 1957, à la date requise pour qu'il ait les dix-huit ans nécessaires à une pendaison. C'était une approche particulière de la légalité. Panka pleura beaucoup.

– Tu sais quoi ? demandait Pál à Dieu dans ses prières du soir. Oublie-nous. Arrête. Laisse tomber.

Mais le feu dehors se déchaînait toujours.

– Oublie-nous ! hurlait intérieurement Pál.

Il avait la certitude que Dieu ne s'intéressait à la Hongrie en général et à sa famille en particulier qu'au moment de leur envoyer des catastrophes. Il aurait préféré passer inaperçu.

Dans le lit voisin, Panka sanglotait en pensant à Istvan qui était trop gentil pour mourir. Un fois, pendant les leçons de danse, elle l'avait laissé l'embrasser. Elle pleura pendant des mois sans pouvoir s'arrêter. Quand elle commença à se sentir mieux, elle dut présenter ses excuses à sa classe et à la direction du lycée pour avoir pleuré. L'effacement de la révolution avortée avait commencé.

Il fallut attendre l'année 1961 pour qu'ils arrêtent tous les quatre de trembler à l'idée qu'on viendrait les chercher eux aussi et les pendre. Mais finalement la voix de Kádár leur parvint depuis le poste de radio et la voix de Kádár leur dit : « Le despotisme n'est pas un phénomène socialiste. » Ils tendirent une oreille intriguée. Était-ce possible ? Et Kádár ajouta : « Tous ceux qui ne sont pas contre nous sont avec nous. » Ils n'avaient plus l'envie ni la force d'être contre qui que ce soit. Si Kádár acceptait les cœurs tièdes, les cœurs froids à la condition qu'ils conservent un silence poli, alors la maison au bord des rails acceptait Kádár. La peur se fit moins forte, les ventres se dénouèrent en gargouillant.

Et Pál comprit que si l'année 1956 avait été si longue et si terrible, c'était parce qu'elle avait duré jusqu'en 1961.

L'étroitesse de la maison au bord des rails rendait l'adolescence d'Imre encore plus difficile. Il avait toujours l'impression de buter sur un membre de sa famille quoi qu'il fasse. Il avait des lubies de réorganisation, espérant établir des barrages entre son espace personnel et le reste du monde. Lors d'une de ces tentatives, il trouva au-dessus d'une armoire un carton qui contenait plusieurs dessins d'enfant, des mèches de cheveux, un début d'herbier. Une boîte de choses vieillies à l'odeur aigre, une boîte de tendresses auxquelles plus personne ne touchait. Imre n'en avait jamais vu dans la maison au bord des rails. On ne gardait pas l'inutile. Il n'y avait pas de place pour ça.

Sur l'un des dessins, Pál et ses deux sœurs se tenaient dans le jardin. On reconnaissait les deux sœurs au fait qu'elles avaient le même corps rectangulaire et colorié en rouge. Pál, quant à lui, devait se contenter d'un trait. Il était dessiné au crayon vert. Au-dessus de sa tête, comme une auréole, on avait écrit « Ruskoff ».

Imre ne connaissait pas ce surnom. Maintenant qu'ils avaient vieilli, les relations entre Pál et ses sœurs étaient quasiment civilisées. Imre décida de montrer le dessin à son père pour se faire expliquer l'inscription. Il sentait qu'il tenait entre ses mains une relique rare et précieuse. Le gribouillis d'enfant faisait partie des quelques objets qui lui racontaient l'histoire de sa famille.

Pál était assis dehors, sur le banc collé à la maison, et regardait les rails avec concentration. Sa maigreur fit penser à Imre que le dessin lui ressemblait en effet un peu. Plus loin, à côté du transformateur, le grand-père tentait de revisser la tête du râteau sur le manche qui se fendait en deux.

– Regarde ce que j'ai trouvé, dit Imre en agitant le portrait de famille sous le nez de son père.

Pál y jeta un bref coup d'œil et une expression de tristesse envahit aussitôt son visage.

– Qui a dessiné ça ? demanda Imre.

– Panka ou Eszter, répondit Pál.

– Pourquoi est-ce qu'elles t'appelaient Ruskoff ? continua Imre sans se soucier de la grimace douloureuse de son père.

Celui-ci ne répondit pas. Imre répéta la question. Pál soupira. Il détestait parler.

– À cause de mes pommettes, je suppose.

Il avait en effet les pommettes extrêmement marquées, ce qui contrastait avec le reste de son corps. Imre, lorsqu'il jouait avec Zsolt aux conquérants de l'espace, avait vu des photos du monde sans gravité où les astronautes flottaient dans les vaisseaux spatiaux. Il lui était venu à l'esprit que son père était un exemple du phénomène contraire : l'attraction terrestre semblait plus forte pour lui que pour le reste du monde. Il était tiré par le bas. Tout dans son corps s'affaissait, à l'exception de ses pommettes. Russes.

– Ah bon, dit Imre.

– Mon cul, dit le grand-père depuis son coin du jardin.

Il ne parvenait pas à remboîter proprement le râteau. Cependant, Imre n'était pas sûr que la remarque s'adressait à l'outil. Mais le grand-père ne relevait pas la tête. Imre ne réussit pas à croiser son regard.

Pál continuait à fixer les rails, les doigts crispés sur le dessin. Imre avait peur qu'il l'abîme de façon irréparable. Il s'agita un peu dans la direction de l'œuvre pour faire comprendre son envie de la récupérer.

– Je suppose qu'à l'époque c'était une insulte courante, ajouta Pál sans remarquer le manège du garçon.

– Quelle époque ? demanda Imre.

– En 1956, dit Pál, à l'époque où les Russes étaient vraiment terribles.

La réponse laissa Imre perplexe. Il était persuadé que les Russes actuels étaient déjà des ordures finies. C'était ce que tout le monde lui avait fait comprendre. Que pouvaient-ils avoir de plus en 1956 ? Des crocs ?

Imre n'avait qu'une vague idée des décennies qui avaient précédé sa naissance. Il ne s'en plaignait pas, il n'était pas réellement intéressé par la grande Histoire. L'étendue de son ignorance faisait souvent pousser des cris à Zsolt qui ne comprenait pas qu'on puisse accepter les plages entières de silence imposées par les communistes.

– Toi, mon vieux, ils t'ont bien réussi, disait-il avec une fausse admiration.

Ça ne creusait que davantage le puits déjà sans fond des complexes d'Imre. Mais il ne s'intéressait qu'à l'histoire de la maison au bord des rails, pas à celle du pays. Sa famille était trop petite, trop pauvre et trop inculte pour répercuter quoi que ce soit de la course du monde. Elle avait sa propre chronologie, ses propres règnes et une propension agaçante à garder tous ses secrets. Le petit carton qu'Imre venait de trouver constituait un trésor d'archives. Il lui importait bien plus que les livres qui montraient des inconnus en tenue de parade.

Les poissons du marché

Tout le monde parlait de 1989. Tout le monde avait quelque chose à en dire. C'était comme si tout le monde avait été en train de faire quelque chose de particulièrement *signifiant* au moment de la chute du régime. Et ils avaient tous compris instantanément, frappés d'une épiphanie, que le communisme était mort et que la face du monde était irrémédiablement changée.

Quand on leur posait la question, ils pouvaient tous se souvenir de ce qu'ils avaient pensé à ce moment précis. Ils avaient vu, presque physiquement, le monde s'ouvrir devant eux et la sensation leur demeurait, claire et limpide. 89 n'existait que dans cette sensation.

Imre se sentait à contre-courant. Politiquement, il n'avait rien fait de signifiant, il n'avait rien compris, rien cru, et quand on lui parlait de 89 il ne se rappelait que la tristesse et les poissons gris du marché. Il se rappelait le 9 décembre et le crachin. Le jour de la mort d'Ildiko.

Le mercredi précédent, quand elle était venue trouver Pál à la pause déjeuner, il lui avait tendu un sandwich à la viande panée et un roulé, conformément à son habitude. Mais pour une fois, après avoir terminé le sandwich, Ildiko n'eut pas envie de manger son dessert. Elle le conserva enveloppé dans une serviette en papier pendant l'après-midi et lorsqu'elle eut fini sa journée, elle prit le chemin de la maison au bord des rails tout en saluant de la main ses collègues qui partaient vers le centre-ville. Il était 17 h 12 et à présent Ildiko avait faim.

Elle déballa le roulé au pavot et en grignota un coin tout en marchant le long des rails.

À 17 h 13, une miette du roulé se coinça dans sa gorge, l'empêchant de respirer.

À 17 h 14, elle toussait depuis déjà plus de quarante secondes sans être capable d'aspirer de l'air et la miette refusait de bouger.

À 17 h 15, elle tomba à genoux sur les rails en se tenant la gorge, le visage rouge et enflé.

À 17 h 16, elle parvint à déloger la miette de sa trachée mais l'effort avait été si violent qu'elle resta agenouillée sur les rails, le corps tremblant.

À 17 h 18, elle vomit. Le monde devant ses yeux était noir et doré.

À 17 h 25, elle commençait à se sentir mieux et se releva péniblement. Ses jambes étaient encore mal assurées et elle dut attendre debout quelques minutes avant de reprendre sa marche.

À 17 h 30, elle fit ses premiers pas.

À 17 h 32, le Vienne-Budapest de 17 h 35 la heurta

de plein fouet à quelques dizaines de mètres de la maison. Le conducteur, Arpi, était un des collègues préférés d'Ildiko. Il était si proche de la gare au moment de l'accident qu'il pensait déjà avoir fini sa journée. Il avoua que, de ce fait, son attention avait probablement été un peu relâchée.

On emmena Ildiko à l'hôpital, encore vivante malgré la gravité de ses blessures. Les médecins furent stupéfaits de sa résistance. Ils appelèrent des étudiants pour leur montrer la patiente. Mais trois jours plus tard, Ildiko mourut et la faculté se désintéressa de son cas. La mort, même légèrement en retard, était une chose banale pour des étudiants en médecine.

Pendant les trois jours qui précédèrent le décès, Pál resta au chevet d'Ildiko. Ils parlèrent peu. La gorge d'Ildiko avait souffert du double dommage de l'asphyxie puis du choc. Les sons sortaient à peine. Son corps et son visage étaient presque entièrement bandés. En partie pour des raisons esthétiques, avait expliqué un interne de médecine à la famille.

Pál tenait entre ses mains la main d'Ildiko qui dépassait du lit, il la caressait et s'adressait à elle, comme si la main était Ildiko tout entière.

– Pourquoi est-ce que tu étais encore là-bas à 17 h 32 ? demanda-t-il.

Tout le monde dans la maison au bord des rails avait une connaissance si parfaite des horaires de train que la présence d'Ildiko à cette heure-ci ne faisait aucun sens.

– Je me suis étranglée en mangeant le roulé, souffla la voix derrière les bandages.

Et Pál se mit à pleurer.

Tout était de sa faute. D'un point de vue objectif, sa certitude était difficilement compréhensible. La trajectoire aléatoire de la miette ne relevait de la responsabilité de personne. Mais Pál savait qu'Ildiko ne se serait jamais étranglée s'il avait été un meilleur mari. Ils s'étaient connus quand elle était venue lui acheter un roulé au pavot et vingt ans plus tard le roulé au pavot était encore leur principal moyen de communication. Ils n'avaient pas développé d'autres rituels de couple.

Le roulé était l'occasion hebdomadaire pour Ildiko d'essayer d'attirer l'attention de Pál. Elle le regardait toujours dans les yeux lorsqu'elle payait. Son regard disait : Je veux que tu me voies. Elle ne renonçait pas. Elle demandait chaque mercredi une vraie relation d'amour. Sa naïveté obstinée impressionnait Pál. Chaque mercredi, il lui rendait son regard et se promettait d'être plus présent. Mais il ne pouvait se concentrer sur cette pensée que quelques minutes et très vite il repartait dans son océan intérieur, oublieux du monde. Il était trop loin, perdu trop avant en lui-même pour ressentir vraiment de l'amour. Dans son regard brun et triste – les yeux de Sara, les yeux des vaches –, on pouvait voir que personne n'existait assez fort pour l'atteindre. Les gens passaient devant lui comme des trains. Pál les regardait avec intérêt, avec compassion, avec tendresse, mais ils ne faisaient pas partie de lui. Ils n'habitaient pas son monde. Il ne savait pas lui-même pourquoi il était fait de la sorte. Il n'aimait pas être ainsi. Il aurait voulu être normal.

Pál sanglotait sur sa chaise d'hôpital en plastique. Il avait tué Ildiko. Il était un principe mauvais. Tout son corps maigre était secoué de sanglots nerveux.

Pour Imre, la mort de sa mère était liée aux poissons du marché derrière la place Rákóczi. Quand il essayait de se souvenir de décembre, il voyait les énormes poissons au corps noir entassés les uns sur les autres dans les aquariums du sous-sol.

Le matin qui précéda la mort, il marchait dans Józsefváros, un sac en plastique tassé au fond de la poche et un billet froissé au creux de la main. Il devait acheter le déjeuner du grand-père. Depuis l'entrée d'Ildiko à l'hôpital, il n'y avait plus de casseroles gentiment laissées sur la cuisinière, plus de boîtes étiquetées dans le réfrigérateur. Le premier soir, Imre avait voulu faire une soupe de légumes avec des abats de poulet. Mais le grand-père avait eu une crise de colère à la vue des légumes et il en avait jeté une partie sur les rails.

– C'est dangereux ! avait-il hurlé à Imre, la main encore crispée sur les longues feuilles vertes d'un poireau.

Son petit-fils avait haussé les épaules sans comprendre. Il se demandait parfois quel genre d'éducation le grand-père avait bien pu recevoir dans les années vingt. Il s'en tiendrait désormais au pain et au fromage.

Imre ne parcourait pas souvent les rues de Józsefváros. C'était le quartier des Tziganes. On disait qu'il valait mieux ne pas s'y aventurer. Ils sifflent les filles, conduisent des voitures volées à contresens, font disparaître les portefeuilles. Ils te crèvent les yeux au surin. Ils ont dépavé les rues pour mieux vivre dans la boue. Ce n'est pas un endroit pour les gens comme nous.

Mais ce matin-là Imre ne voyait pas ce qu'il avait à perdre, à part le sac plastique et le billet. Il se foutait des deux.

– Tu verras quand ils te donneront un coup de couteau, l'avait prévenu le grand-père avec son racisme classique de vieux, tu feras moins le malin.

Mais peut-être qu'Imre était précisément à la recherche de ce coup de couteau le matin du 9 décembre. Il regardait les passants, les vieilles installées sur leurs chaises devant les immeubles avec l'espérance confuse que quelqu'un traverse soudain la rue et le frappe en plein visage. Sans raison, sans avertissement.

Personne ne comprit son besoin, ou personne ne voulut y répondre. Il avait probablement une démarche trop sympathique, pensa-t-il. Il arriva aux halles sans encombre.

Une des allées du marché était consacrée à la vente de

gibier, de légumes au vinaigre, de poissons et d'épices. L'odeur y était si lourde qu'elle donnait envie de vomir. Ça sentait le curry, le sang et la vase. Et puis il y avait ces cubes sombres dans lesquels les poissons-chats pouvaient à peine bouger. Leurs larges bouches se collaient à la vitre, leurs moustaches s'agitaient dans le peu d'eau clapotante. Certains étaient coincés dans les positions absurdes qu'ils avaient adoptées lorsqu'on les avait déversés dans l'habitacle, sur le dos ou à la verticale. Imre les observait le troisième jour, le jour de la mort, quand il avait senti quelque chose se casser dans sa poitrine. La précipitation qui l'avait tenu jusque-là, sa soif d'avoir des nouvelles de l'hôpital, l'angoisse des responsabilités disparurent. Il devint curieusement calme. Les poissons se démenaient sans bruit, prisonniers, idiots.

Quand Imre arriva à la maison au bord des rails, le grand-père lui dit :

– Ils ont appelé. Ta mère est morte.

Il accusa le coup en pâlissant mais rien dans son visage ne bougea.

– La pauvre, ajouta le grand-père.

Quelques secondes plus tard, les narines agacées par les odeurs qui montaient des sacs, le vieux laissa échapper :

– J'ai faim.

Imre lui tendit du pain, du fromage et du salami. Puis il sortit de la maison. Il ne se rappelait pas où il allait. Il avançait, un pas après l'autre. Le bruit de ses pieds sur l'asphalte du trottoir rythmait la même phrase en boucle dans sa tête. Ta mère. Est morte. Ta mère. Est morte. Ta mère, ta mère. Est. Morte, morte, morte.

Quand il arriva à l'hôpital, on le lui répéta encore, d'une autre manière. Cette fois, c'était la méthode protocolaire. En douceur. Plusieurs fois. Elle est partie, monsieur. Elle est décédée. Elle n'a pas tenu. Toutes mes condoléances, monsieur. Elle nous a quittés. L'infirmière avait l'air de penser qu'il ne pouvait pas comprendre, qu'il était en état de choc.

– C'est très clair, murmura Imre en la poussant doucement de côté.

Il ne supportait pas ses euphémismes ni son air compatissant. Il ne supportait pas que l'infirmière ait dit : Elle nous a quittés. Est-ce qu'elle t'a quittée, toi ? Connasse en blouse. Est-ce qu'elle t'a abandonnée toi aussi, privée d'une mère ? La perte n'était que celle d'Imre et de sa famille. Il ne voulait pas la partager avec le personnel de l'hôpital, avec la fausse infirmière gentille qui devait faire semblant vingt fois par jour d'avoir elle aussi perdu un proche quand les patients mouraient derrière des rideaux de plastique.

Il entra dans la chambre d'Ildiko. On avait déjà déplacé son corps et retiré les draps. Le matelas était nu, d'un bleu synthétique agressif. Ildiko, malgré son poids, n'y avait laissé aucune trace. Dans le lit voisin, Pál exténué par ses larmes dormait comme un enfant.

Staline savait s'y prendre

Parfois, Imre en voulait à Ildiko d'être morte juste à ce moment-là. C'était absurde. Elle n'avait pas vu l'incroyable expansion du guichet international qui occupait désormais une salle entière dans la gare Nyugati, avec des trains qui partaient vers Vienne, vers Munich, tous les jours, pleins de familles, de jeunes couples et non plus uniquement d'officiels au visage sérieux. Elle avait raté sa chance alors qu'elle était si proche de voir son rêve se réaliser.

Après l'enterrement, ils revinrent en groupe à la maison au bord des rails. Il y avait des amis du grand-père et quelques personnes avec qui Pál et Ildiko travaillaient à la société des chemins de fer. Il y avait même la rousse de l'international. Imre pensa que c'était tristement ironique. Elle ne resta pas longtemps. Elle savait peut-être qu'Ildiko ne l'avait pas beaucoup aimée.

La maison n'avait pas connu une telle affluence depuis des années. Imre était impressionné de découvrir que leur îlot au milieu des rails était accessible à d'autres. Pour Pál, le petit groupe d'hommes autour de son père rappelait de vieux souvenirs : il avait vu cette même bande réunie là quand il avait dix ans, les ombres étaient immenses, leurs murmures plus anxieux. Il partit se coucher très vite. Son chagrin l'avait assommé. Quand il quitta la pièce, le grand-père sembla chercher quelque chose de réconfortant à lui dire. Il ouvrit la bouche sans que les mots viennent. Les autres convives gardaient un silence religieux, attendant qu'il parle comme s'il était une sorte de prophète. Le grand-père était gêné qu'on le regarde. Finalement, il posa la main sur l'épaule de son fils et dit :

– Ta mère était plus jeune, tu sais, quand elle est morte.

Pál eut une légère grimace. Il n'y voyait aucune consolation. Il évita le regard de son père et monta s'allonger.

Les invités restèrent à boire jusqu'à tard en se racontant les histoires d'avant. Peut-être une autre année, ils auraient pu parler d'Ildiko toute la nuit, par respect. C'était ce qu'on faisait quand quelqu'un mourait. Mais pas en 1989. Il y avait trop de choses à se dire. Évoquer la mémoire de la morte n'était pas important quand il y avait quarante années qui attendaient elles aussi qu'on leur redonne vie dans la discussion. Ils racontaient tout ce qu'ils avaient tu. Et même, le grand-père montra sa jambe en disant :

– Maintenant qu'on peut célébrer 1956, ils me donneront peut-être une médaille.

Les autres éclatèrent de rire.

– Une médaille pour quoi ? demanda un vieux à qui il manquait les deux dents de devant depuis qu'un membre de l'AVO avait essayé sur lui un pied-de-biche. Pour maladresse ?

– Pour avoir affronté Staline à mains nues ! beugla le grand-père en tapant le fond de son verre vide contre la table du salon.

Les rires redoublèrent. Imre eut un pâle sourire. Il pensait que son grand-père mentait encore. Ça, au moins, ça ne changeait pas.

Autour de la table, les buveurs continuaient à rire, par simple joie de pouvoir se parler.

– Staline au vrai sens du mot ! dit un autre. L'homme de fer !

Et il envoya une grande claque dans le dos du grand-père qui se mit à tousser.

Petit à petit, dans la nuit, l'histoire de la jambe du grand-père surgit des mémoires retrouvées. Il y en eut plusieurs versions et l'alcool en modifia plusieurs fois les détails. Trente-trois années passées à la remâcher en silence lui avaient donné un flou légendaire, une incertitude que tout soit bien arrivé. Mais pour Imre, elle prenait enfin forme et il se laissait bercer par le flot de paroles des vieilles bouches.

Jusqu'au 23 octobre 1956, l'orée du Bois de la Ville avait été ornée d'une immense statue : un Staline de huit mètres de haut sur un piédestal deux fois plus grand et qui paraissait haranguer les promeneurs du dimanche pour leur vanter les mérites du social-réalisme. La statue avait été commandée en 1949 pour célébrer le soixante-dixième anniversaire du leader communiste. Le grand-père l'avait toujours haïe. Comme tout ce qui était russe, elle lui rappelait Sara et le petit garçon dans la maison au bord des rails qui ne lui ressemblait pas. Lorsqu'il passait seul devant le monument, il lui arrivait d'avoir avec la statue des disputes violentes. La main droite, surtout, le mettait hors de lui. Elle voltigeait devant la poitrine, presque sur le cœur, prise dans la frénésie d'une discussion avec le peuple. Cette pose humaine et humaniste. On sait ce que vous faites de vos mains, disait le grand-père. On sait où vous les posez. Quand d'autres promeneurs étaient trop proches, il se contentait de cracher. C'étaient des affaires privées. Il ne voulait pas qu'on entende. Que la statue de Staline l'ait fait cocu ne regardait que lui. Et Sara. Et le petit garçon, dont les pommettes trop hautes commençaient à se voir.

Quand le déboulonnement de la statue fut exigé par les étudiants qui avaient pris d'assaut la radio budapestoise, le grand-père ne se fit pas prier pour se joindre à la centaine de milliers de personnes qui gagnaient le Bois de la ville, armées de barres de fer, de bouteilles d'oxygène et de cordes pour mettre à bas le géant de bronze. Les voitures avaient été abandonnées au milieu des rues, elles restaient vides, portières ouvertes, tandis que les marcheurs avançaient côte à côte en se tenant fermement par le bras, comme pour résister à un ordre de dispersion qui ne venait pas. Les drapeaux hongrois s'agitaient, exhibant en leur milieu un énorme trou rond : les insignes communistes avaient été découpés. Le grand-père en passa un autour du cou.

Il s'était équipé de chalumeaux qu'il avait trouvés dans la réserve de la société des chemins de fer et s'attaqua aux bottes de Staline avec un plaisir évident. La foule réunie au Bois de la Ville criait la *Nemzeti dal*, le poème patriotique écrit par Sándor Petöfi et interdit par les Russes. C'est maintenant ou jamais, lançaient les hommes qui montaient à l'escalade du Staline géant. *Serons-nous des esclaves ou des hommes libres ?* Et la foule qui les regardait d'en bas répondait avec émotion : *Nous jurons, nous jurons devant le Dieu des Hongrois de ne plus jamais être esclaves !* Dans cette euphorie, ils refusaient de partager jusqu'à Dieu avec les pays voisins : il devenait un bien personnel, national.

Nous jurons, nous jurons, continuait la foule, alors que les grimpeurs atteignaient la tête de Staline et s'installaient sur ses épaules. *Le sabre sied mieux à mon bras que la chaîne. Et plus jamais nous ne serons esclaves.* On passa autour du cou de la statue un filin métallique relié à des camions. Les véhicules patinaient sur place dans un rugissement de moteurs. Toutes les cordes, tous les câbles se rompaient dans un fracas de violon géant. Un jeune garçon en reçut un à travers le visage. Le grand-père devait le revoir une dizaine d'années plus tard et constater que jamais son œil gauche ne s'était complètement réouvert. L'incident redoubla la volonté iconoclaste des manifestants. Staline résistait, immobile et serein face à la foule qui s'échauffait. Puis ses pieds de bronze commencèrent à céder sous la flamme des chalumeaux. Finalement, au milieu des chants et des plaisanteries, les manifestants eurent raison du petit Joseph, comme ils l'appelaient en riant. Mais dans sa joie, le grand-père ne prévit rien des rebonds qu'allait faire la statue. Il a foncé droit sur moi, raconterait-il ensuite, il savait qu'on avait de vieux comptes à régler.

L'affreux bruit de violon devint une cacophonie de cloches d'église quand la statue de bronze heurta le sol et rebondit une fois, deux fois, au hasard des pavés. Au troisième bond, l'énorme main de Staline trouva la jambe du grand-père et la brisa net. Le docteur chez qui il fut emmené par un manifestant secourable diagnostiqua une fracture à plus de huit endroits, depuis la cheville jusqu'à la hanche. Il fit de son mieux pour plâtrer la jambe en miettes mais le grand-père ne retrouva jamais sa démarche normale. La jambe prit une raideur et une dureté de bois. Par la suite, plusieurs médecins lui conseillèrent de la couper. Elle ne faisait que l'alourdir. Mais il refusait de céder une partie de son corps à Staline. Il ne lui ferait pas ce plaisir.

– Il savait s'y prendre, le salaud, dit le grand-père.

Il gardait les yeux baissés sur sa jambe. Ses doigts

suivaient l'os déformé, tentant de retrouver les bosses qui indiquaient les huit cassures. Le salaud.

Ce soir-là, ce ne fut pas un vieil homme qu'Imre dut porter à l'intérieur mais quatre. Jusqu'à l'aube ils s'étaient saoulés, vidant les bouteilles de palinka à l'abricot que le grand-père conservait pour le 2 mai et se répétant les mêmes histoires encore et encore.

En les bordant comme il le pouvait dans le salon, Imre pensa que sa mère aurait copieusement insulté le grand-père si elle avait vu la scène. Et tout en replaçant le coussin sous la tête du vieux qui bavait dans son sommeil, il répéta : *Büdös dizsnó*, en essayant de retrouver ses intonations.

Il n'était pas triste. Il avait perdu sa mère mais il avait écouté quarante ans d'histoires. Il en était plein jusqu'à l'écœurement, trop gonflé pour ressentir le manque.

Ouest-shop

La mort d'Ildiko avait été la première solitude. Le départ de Zsolt fut la deuxième. Les derniers mois de 1989 laissèrent Imre en proie à un abandon total.

L'ouverture des frontières avait permis à une partie de la famille de Zsolt – jusque-là en exil en Autriche – de revenir s'installer à Debrecen dont elle était originaire. Zsolt était immédiatement parti leur rendre visite et il n'était jamais revenu. À la demande de sa mère, ces parents à l'accent étrange avaient accepté d'héberger le jeune homme pendant son cursus dans l'université locale. La mère de Zsolt pensait qu'il gagnerait à fréquenter ses cousins et cousines. Il adopterait plus rapidement le style de vie occidental propre au monde libre. Et il arrêterait de traîner avec ce quart de Russe idiot qui vivait sur les rails. La mère de Zsolt n'avait jamais beaucoup aimé Imre.

Zsolt lui avait écrit deux fois depuis leur séparation mais il ne racontait rien d'intéressant. Il donnait des noms d'écrivains, citait des professeurs. Lui et ses camarades d'université avaient formé un groupe destiné à définir l'esprit hongrois, à retrouver son essence afin de pouvoir reconstruire le pays sur les bases ancestrales. Ses lettres étaient pleines d'allusions aux Mongols, à Attila, au tangraïsme. Il racontait les coutumes des táltos qui pensaient qu'un enfant né avec des dents était un chaman et qui montaient des chevaux d'une laideur repoussante mais rapides comme la pensée. Il cherchait des racines communes au hongrois et aux langues d'Asie, dans l'espoir de retrouver la nation mère dont étaient venus les premiers cavaliers magyars. *C'est le moment ou jamais de retourner à nos origines*, affirmait-il avec enthousiasme, dans une écriture si nerveuse qu'elle devenait illisible en fin de ligne. Il ne parlait jamais de filles. Imre avait espéré des descriptions de partouzes géantes. C'était tout ce que l'université lui inspirait.

Lui n'irait pas. Il n'était pas fait pour ça. Ági et Zsolt avaient l'intelligence qu'il fallait, la patience. Mais lui, non.

– Qu'est-ce que tu vas faire sans études ? marmonnait le grand-père depuis son fauteuil. Mineur ? Mécano ? C'est fini le communisme, petit con. Il faut te réveiller.

Imre ne répondait pas. Il ne savait pas. Il avait toujours pensé qu'il saurait, il avait toujours eu l'impression d'avoir des rêves précis qu'il s'efforcerait de réaliser. Ça aurait dû être simple, surtout maintenant, alors que le rideau de fer était tombé et que plus rien n'était interdit. Mais il réalisait soudain qu'il ne savait absolument pas quoi faire.

Sans Zsolt, il se sentait perdu, maladroit. Il n'osait plus approcher une fille et il ne pensait qu'à ça. Son avenir professionnel pouvait attendre mais pas son désir. Certains soirs, Imre redoutait une combustion spontanée.

Il tournait en rond sur les grands boulevards, jetant des coups d'œil désespérés aux prostituées et aux sex-shops qui se faisaient plus clinquants.

Tant que l'armée russe avait été présente en Hongrie, tenir un sex-shop avait été d'une certaine manière un acte de collaboration. Il s'agissait de fournir à des soldats que l'immense majorité de la population considérait comme des pilleurs et des violeurs de quoi satisfaire leurs instincts animaux et grossiers. Mais maintenant que le pays était libre, les sex-shops devenaient des attractions touristiques susceptibles de rapporter beaucoup d'argent. Il n'y avait pas de mal à vendre une cassette vidéo à un Allemand ou à un Anglais venu prendre le Parlement en photo et profiter de la bière bon marché.

Le propriétaire d'une de ces nouvelles boutiques remarqua les allées et venues d'Imre. Il s'appelait Adam Karoly et venait d'ouvrir un sex-shop dans la rue Üllöi. Son projet était de cibler une clientèle étudiante et étrangère qui ne pouvait que s'accroître au fil des années. Adam Karoly était un homme intelligent, doué d'un sens inné du commerce. Il avait quarante-cinq ans, l'âge du régime communiste hongrois, ou presque. Et sans avoir jamais vécu dans un monde de libre marché, il avait déjà vendu de tout, toujours avec succès.

Il avait trafiqué des denrées trop difficiles à trouver dans les magasins officiels : lames de rasoir, bas, sucre, papier peint, chaussures. Il s'était aussi adonné à des commerces plus originaux, plus artistiques. Il avait un don pour repérer un créneau bien précis, une niche minuscule dans laquelle un besoin impérieux se créait sans marchandises pour y répondre. Et Adam se mettait en quatre pour trouver comment satisfaire ce besoin.

À vingt ans, il avait un commerce illégal de Coca-Cola et de chocolats Cadbury qu'un cousin lui ramenait de Londres où il voyageait pour des compétitions sportives. Il les vendait très cher à la jeunesse dorée de Budapest qui voulait faire des « parties » à l'américaine.

À trente ans, il vendait des costumes et des meubles traditionnels récupérés dans de vieilles fermes aux citadins qui redécouvraient la culture folklorique. Il écrivit même un petit traité de magie páloc pour accompagner une série de poupées de bois et de tissu qu'il n'arrivait pas à écouler. Jetées dans l'eau le jour de Pâques, elles devaient apporter la fertilité.

Il vendit des troupes de danse à des salles de spectacle et des manuels de hongrois à l'armée russe en garnison. Il était au sommet de son art quand le régime s'effondra. L'entrée de la Hongrie dans le capitalisme libéral le plongea dans un état d'excitation extrême. Après avoir passé en revue les diverses formes de commerces possibles, il se décida pour un sex-shop. La combinaison de l'architecture impériale, de l'alcool à bas prix et de boutiques comme la sienne ferait de Budapest une destination touristique chérie pour les jeunes Européens. Si ce n'était pas immédiat, ce serait dans quelques années. Et le Diamond Sex Shop serait prêt à les recevoir.

Karoly avait choisi ce nom parce qu'il le trouvait à la fois sexy et rassurant. Il promettait de la qualité, de l'international, des paillettes. Comme Imre avait l'âge de ses futurs clients et que les sex-shops semblaient le fasciner, Karoly testa le nom sur lui. Un jour qu'Imre rôdait sur le trottoir d'en face, Adam qui fumait une cigarette pendant que les ouvriers posaient une dernière série d'étagères lui fit signe de s'arrêter. Quand le jeune homme fut tout proche, Adam jeta son mégot dans le caniveau et lui demanda sans autre forme d'introduction à quoi lui faisait penser le nom « Diamond Sex Shop ».

– À coucher avec Marilyn Monroe, dit Imre.

La réponse plut beaucoup au propriétaire. Il proposa au jeune homme de l'aider à tenir le magasin.

Le fait qu'Imre soit mineur ne les dérangeait ni l'un ni l'autre. L'éclosion désordonnée de nouvelles entreprises à travers toute la ville garantissait à Adam Karoly que personne ne prendrait la peine de contrôler la légalité des boutiques. Qui aurait osé envoyer des policiers ou même invoquer l'existence d'un formulaire alors que le pays était enfin libéré de l'administration communiste ?

– Mieux vaut quand même ne pas en parler à ta mère, avait conseillé Karoly avec un clin d'œil complice.

Imre s'était mordu la lèvre.

– Ça ne sera pas un problème, avait-il répondu d'une voix blanche.

La mort de sa mère avait fait de lui un quasi-orphelin. Pál, hébété, ne lui prêtait plus qu'une attention très vague et le grand-père boudait. Il ne supportait pas que son petit-fils ait arrêté ses études sans écouter ses conseils. Quand Imre évoquait son lieu de travail, il l'appelait laconiquement le « Diamond », un nom de bar ou de club ordinaire, qui voulait être américain. Il y en avait partout dans la ville. On allait prendre une bière au New-York, au Chicago. Imre avait, de toute manière, peu d'occasions d'en parler : quand il quittait la maison, personne ne lui demandait où il se rendait. Il était un peu déçu. Il aurait aimé, pensait-il par moments, qu'un lapsus découvre sa bravoure et sa rébellion à sa famille – Je suis un hors-la-loi, se disait-il. Seulement, il ne pouvait pas faire de lapsus si personne n'essayait d'avoir de conversation avec lui.

Zsolt aurait soufflé quelques vers à l'oreille d'Imre, avec ce mélange d'ironie et de grandiloquence qui caractérisait toutes ses citations. Il aurait trouvé un passage adapté à la situation, peut-être même qu'il lui aurait dit en se moquant de ses malheurs : *Je n'ai pas de père ni de mère, pas de Dieu ni de patrie, pas de berceau ni de linceul, pas de baisers ni d'amour. Mes vingt ans sont à vendre.*

Mais Zsolt n'était pas là lui non plus. Il devait réciter les poèmes d'Attila József aux habitants de Debrecen à présent. Il s'ajoutait à la liste de tout ce qui manquait. Le monde d'Imre se résumait au Diamond Sex Shop.

C'était un local exigu, à peine plus grand que le salon de la maison au bord des rails. Les murs étaient couverts de présentoirs sur lesquels on trouvait des magazines et des vidéos mais également quelques masques, un costume d'infirmière, des menottes et des sous-vêtements comestibles. Les emballages de plastique et les boîtes couvertes de photos luisaient doucement dans la lumière basse, comme au fond de l'eau. Il y régnait le même silence, troublé de temps à autre par les murmures d'un client.

Les sex-toys étaient alignés dans une vitrine derrière la caisse, classés par taille et par couleur. On aurait dit des arbres futuristes ou des branches de coraux inconnus poussant juste derrière Imre, dans une serre éclairée au néon. Les clients attirés par les godemichés devaient se contenter de les regarder de loin ou trouver le courage de lui demander de s'écarter de sa caisse pour libérer la vue. Il était plus gêné qu'eux dans ce genre de situations. Il quittait le comptoir en murmurant « bien sûr », en espérant qu'on ne lui demanderait pas son opinion sur les différents modèles.

Il aurait voulu les déplacer à l'autre bout du magasin, leur présence dans son dos l'incommodait. Mais Adam Karoly avait un dégoût absolu des boutiques où les gens prennent les produits dans leurs mains et gloussent, se font photographier avec un accessoire géant puis partent sans rien acheter. Son magasin était sérieux. Il était là pour vendre.

Quand Imre était dans la boutique, rien n'existait plus au-dehors. Il aimait que le monde disparaisse, n'avoir à penser à rien d'autre. Il se sentait à sa place au Diamond. Son patron lui faisait confiance. Les clients lui souriaient gentiment, anxieux de montrer qu'ils étaient des êtres humains normaux, quoi que puissent indiquer leurs achats. Sa frustration se taisait, assommée par la quantité de stimuli sexuels qui l'entouraient. Au début, il avait été un peu gêné par son nouvel environnement. À la fin d'une journée de travail, toutes les images de corps, de seins, de lingerie et de sexes largement offerts finissaient par se mêler dans sa tête en une sorte de brouillard écœurant. Pour s'épargner le sentiment de trop-plein, il entreprit de choisir chaque matin les couvertures qui allaient lui faire face pendant des heures. Il repéra vite une prétendue étudiante tchèque dont les photos revenaient souvent. Au-dessus d'un corps parfaitement pornographique, elle avait un visage gentil, un peu surpris, et ne quittait jamais sa paire de lunettes papillons. Imre l'aimait bien. Il avait de longues conversations avec elle quand les clients étaient rares.

– C'est ton truc, ça, les intellos ? lui demanda Adam Karoly.

Imre haussa les épaules en rougissant. Il ne savait pas vraiment ce qu'était son truc. Depuis la femme des bains Lukács deux ans auparavant, il n'avait pas eu d'occasion de progresser dans sa découverte de la sexualité et il la considérait toujours amoureusement comme sa première partenaire. Il racontait de temps à autre qu'il avait couché avec une vieille dans les douches. Ça évitait qu'on le déconsidère. Mais il n'avait pas cette connaissance détachée de lui-même qui permettait à Karoly de parler posément de ce qu'il aimait et de ce qu'il n'aimait pas. Le corps d'Imre n'envoyait que des signaux confus.

Devant les photos de l'étudiante tchèque, il se sentait bien. Il avait envie. Il était incapable d'en dire plus.

– Probablement, répondit-il à son patron qui lui tapa sur l'épaule.

Adam Karoly aimait la pudeur timide d'Imre quand on parlait de choses crues. Paradoxalement, elle était un de ses meilleurs arguments de vente : le sexe n'est pas une affaire de pervers. Les clients étaient émus de retrouver cette naïveté au cœur d'un antre noir et rose. Ils achetaient des sex-toys comme on achèterait un bouquet de fleurs.

La tendresse d'Imre pour l'étudiante tchèque et l'atmosphère qui régnait au Diamond étaient les fruits d'une époque dont la sexualité se débridait timidement. Il n'y avait pas de porno gratuit ni facile d'accès, c'était toujours une lutte ou au moins une dépense : il fallait entrer, demander, payer, il fallait montrer qu'on voulait. Un engagement – presque une relation – se tissait entre l'acheteur d'un magazine et les modèles à l'intérieur dont les photos n'étaient jamais retouchées. Quand les gens se branlaient sur les femmes nues des posters ou des films, ils pensaient qu'elles étaient réelles, ils pouvaient leur imaginer un père, une mère, une maison au bord des rails même. Ils n'en verraient pas mille autres dans leur vie, celle qui leur faisait face avait de l'importance, surtout quand elle était la première. Ils pouvaient en tomber amoureux. Ils retiendraient longtemps son nom.

En juillet 1991, Imre eut la surprise de recevoir de la part d'un fournisseur une collection de figurines en carton grandeur réelle représentant les filles les plus hot du moment, comme l'annonçait un bandeau rouge et doré au bas de chaque silhouette. La blonde étudiante tchèque en faisait partie. Elle portait des lunettes en écailles et une blouse blanche grande ouverte. Elle regardait vers le haut, comme si elle cherchait quelqu'un des yeux au-delà de l'appareil photo. Imre s'imaginait que le fiancé de l'étudiante tchèque se tenait derrière le photographe, à lui sourire gentiment. Il devait être ingénieur des Ponts et Chaussées.

Imre plaça la silhouette à côté des vidéos. Quand un client lui demandait un film, il répondait :

– Demandez à ma collègue.

Généralement, le client se contentait d'un sourire poli mais Imre riait franchement, persuadé que l'étudiante tchèque appréciait la plaisanterie. Il commentait l'attitude du client une fois que celui-ci avait quitté la boutique.

– Eh bien, lui c'était un timide. Il n'a même pas osé te regarder.

Ou alors :

– Je crois que tu as une touche, Anastazie.

C'était le prénom de l'étudiante, du moins celui qu'on lui donnait dans les interviews.

Adam Karoly regardait d'un œil sceptique la relation de son employé avec une figurine en carton. Il trouvait la silhouette encombrante et inutile. Pour lui, Imre jouait tout simplement à la poupée. Mais il n'osait pas le lui interdire. Après tout, beaucoup des clients du Diamond aimaient eux aussi jouer à la poupée.

Quand le magasin était vide, Imre feuilletait les magazines américains à la recherche de Californiennes. Et quand il trouvait des photos – elles chevauchaient une planche de surf, complètement nues face à l'océan bleu et or, ou mimaient un tournage hollywoodien sans rien porter d'autre qu'une visière de réalisateur –, il pensait toujours à Zsolt. Dans leurs rêveries passées, ils avaient minimisé le problème de l'argent. Certes aujourd'hui les frontières étaient ouvertes, mais le prix des billets d'avion maintenait les Californiennes à la même distance de Zsolt et Imre que quelques années plus tôt. Dans leur paradis de sable et de Cadillac, elles étaient intouchables et parfaites. En guise de revanche sur l'Histoire, Imre se contentait de caresser du doigt des images glacées en essayant de se rappeler les premières strophes de l'*Ode aux Californiennes d'Amérique.* Ce n'était pas exactement comme ça qu'il imaginait l'avenir quand il écoutait Zsolt parler de la chute du communisme. Pas exactement.

La seule chose qu'Imre trouvait désagréable au Diamond, c'était le voisinage immédiat d'une petite boutique de mariage qui ouvrait à la même heure le matin et fermait à la même heure le soir. Chaque jour, il devait saluer la propriétaire alors qu'ils levaient tous les deux côte à côte le rideau de fer de leurs boutiques respectives. Il croyait sentir se poser sur lui son regard de reproche et de dégoût dès qu'il lui tournait le dos. Il culpabilisait toujours lorsqu'il s'apercevait que les clients étaient plus nombreux à entrer dans le sex-shop que dans la boutique voisine. Il avait alors vaguement l'impression de servir à aggraver la perversion du monde.

Le magasin de mariage avait toujours la même vitrine : une grande robe de mariée blanche et une petite robe de demoiselle d'honneur. Les modèles changeaient mais l'organisation de base restait la même. Toujours les deux robes côte à côte. Le mariage semblait être un monde uniquement de femmes, une occupation pour meilleures amies, tandis que la porte du Diamond n'ouvrait que sur un monde d'hommes.

Un jour, une des vendeuses d'à côté avait pénétré dans le sex-shop pour demander à Imre un rouleau de caisse enregistreuse. Il avait rougi jusqu'aux yeux en constatant avec quelle horreur elle regardait la marchandise autour d'elle, même le dernier numéro de *Penthouse* sur le présentoir dont Imre était très fier : la belle étudiante tchèque y portait un chapeau de remise de diplôme digne des meilleures universités américaines.

Il avait parlé de sa gêne au propriétaire du Diamond qui avait haussé les épaules en disant :

– Ignore-les. Tu fais du business, elles font du business. Vous êtes pareils.

Imre s'était efforcé de suivre son conseil et de ne plus rougir du jugement de ses voisines. Il était donc relativement heureux derrière la caisse du Diamond, six jours par semaine.

Il trônait là avec tout l'enthousiasme de ses dix-sept ans, puis de ses dix-huit, puis de ses dix-neuf. Il connaissait de mieux en mieux la marchandise, devenait professionnel. *We are sextreme*, annonçait maintenant le petit panneau sur la porte car, comme Adam l'avait prédit, les anglophones se faisaient de plus en plus nombreux dans les rues de Budapest. Et quand Imre levait le rideau de fer, il pensait avec le cœur gonflé de fierté : *oh yes, we are.*

Le secret des kangourous

En 1945, il ne faisait pas bon être une femme.

L'Armée rouge entrait dans Budapest, océan d'hommes épuisés, abîmés. Affamés aussi. Et sur la rive gauche du Danube, en haut de la colline du Château, une poignée de SS résistait encore au milieu des ruines historiques. Là aussi des hommes mal en point et qui n'avaient plus rien à perdre. Ils tiraient à la mitraillette depuis les murs éboulés. Ils s'abritaient derrière des vestiges de statues, une aile du Turul – l'oiseau mythique qui avait guidé les premier cavaliers magyars –, un cheval d'empereur autrichien dont il manquait les pattes, la tête d'un chérubin joufflu dont le corps avait été pulvérisé. La colline était noire et fumante. Les fastes du Château brûlaient. Dans l'église royale, les énormes lustres étaient au sol, leurs formes pleines écrasées sur les dalles comme des méduses et la chaîne dévidée qui les reliait au plafond coupait l'espace de son éclat vertical. Des fuyards emportaient des morceaux de l'ancienne gloire des Habsbourg. Mais quelques mètre plus bas, les armes russes les cueillaient en pleine course, et le blason, la poignée d'or, la pampille de cristal leur tombaient des mains.

Les ponts avaient sauté. Les lourdes chaînes du Lánchíd plongeaient dans l'eau grise du Danube. Le métal verdi du pont de la Liberté était tordu, fumant. Et des hommes armés, sales, la barbe leur mangeant le visage, arpentaient les deux rives en grappes nerveuses et mouvantes.

On cachait les femmes. On cachait les petites filles. Sara n'aurait jamais dû aller au marché. « Pourtant, disait le grand-père, elle n'était pas si belle. »

Il y avait déjà deux fillettes dans la maison au bord des rails. Panka et Eszter avaient un appétit féroce et une voix puissante. Il fallait les nourrir. Sara était mue par un instinct animal quand il s'agissait de ses enfants. Elle pouvait marcher des heures pour trouver une boîte de lait en poudre, un fruit, un morceau de pain. C'était un instinct profond qui se réveillait en elle, quelque chose de la louve. On ne pouvait pas la garder à la maison, ni la raisonner. La faim des petites l'atteignait soudain et elle se levait de son fauteuil. Elle ne pouvait pas la supporter. Il y avait une forme de télépathie entre Sara et ses enfants, une relation dont le grand-père était jaloux, lui que la petitesse de leurs corps rendait conscient de sa maladresse, de la saleté de ses doigts.

Alors Sara était sortie pour nourrir les fillettes. Elle était partie longtemps. Le soir était tombé dans la petite maison sans qu'elle soit revenue. Le grand-père commençait à penser qu'elle avait été arrêtée ou qu'elle avait reçu une balle perdue.

Finalement, un peu avant minuit, il avait entendu la porte grincer.

Sara était rentrée avec du sang sur le front, la jupe couverte de terre, un doigt cassé et Pál dans son ventre. Elle s'était glissée dans le lit et avait dormi quinze heures.

Elle n'en avait jamais parlé. Le grand-père ne lui posait pas de questions.

– Quelle différence ça fait qu'il soit russe ou allemand ? demandait-il en haussant les épaules.

Il avait quand même essayé de deviner, de lire sur les traits de Pál pendant que l'enfant grandissait. La blondeur ne lui donnait aucune information. La mélancolie de l'enfant pouvait tout aussi bien être hongroise. Il avait les yeux bruns de sa mère. C'étaient les pommettes finalement qui avaient fini par le convaincre que Pál devait être slave. Et même s'il ne le voulait pas, le grand-père pensait de plus en plus au garçon comme au « petit Russe ». Il n'arrivait pas à l'accepter comme son fils.

Imre aurait pu ne jamais connaître cette histoire. Ni Pál ni le grand-père ne parlaient des vieilles douleurs. Mais sa tante Panka décida de la lui raconter au printemps 1992, dans un café vert et noir aux abords de l'hôpital Sándor. C'était celle des presque jumelles qu'Imre préférait. Elle était un peu moins brusque que sa sœur. Dès qu'elles étaient séparées, elles perdaient de toute manière en rudesse. Mais Panka avait un caractère plus doux.

Par conséquent, c'était à elle qu'il avait demandé de l'accompagner quand il s'était rendu à l'hôpital pour voir Ági.

Après la visite, au-dessus des tasses fumantes et de la table poisseuse, Panka avait commencé à parler des Russes, du viol, de la naissance de Pál, comme si Imre avait déjà été familier avec ces histoires. Mais il ne l'était pas. Et la surcharge d'informations choquantes semblait lui liquéfier le cerveau. Tout en se concentrant pour ne rien perdre de ce qui se disait, il s'inquiétait d'une possible hémorragie et se touchait nerveusement les oreilles pour vérifier qu'il n'en coulait aucun liquide vital.

– Quand elle était enceinte de ton père, racontait Panka à Imre, Sara était énorme. Elle avait triplé de volume. On aurait dit qu'elle allait exploser. Et pourtant, quand Pál est né, il était tout petit. Ridicule.

Imre repensait à l'expression du grand-père : *le fils de sa mère et de la tristesse*. Il se disait que ça avait dû prendre de la place dans le ventre de Sara. La tristesse à côté du bébé. Elle n'avait jamais pu s'en débarrasser. Le garçon était sorti mais la tristesse était restée pour de bon, avait construit une maison à l'intérieur.

Panka essayait maintenant d'imaginer, se mettait à la

place de sa mère. Sentir grandir en elle cet enfant entré par la force. À moitié haï. Et qu'elle allait ensuite adorer plus que quiconque.

– *Apa* le prenait comme de la provocation, évidemment, qu'elle préfère le fils d'un Ruskoff à leurs enfants à eux, dit-elle en fumant une cigarette.

Elle hésita un peu, ses yeux avaient l'air de partir chercher les souvenirs à l'intérieur de sa tête, puis elle reconnut :

– Je ne le prenais pas bien non plus.

Elle écrasa sa cigarette dans le cendrier de verre en haussant les épaules comme pour se défendre d'une accusation.

– On ne comprenait pas.

Elle soupira à nouveau.

– Personne ne comprenait Sara. Sauf ton père. Ils étaient pareils. C'est comme si elle avait réussi à faire disparaître de lui sa moitié russe. Comme si finalement, par un effort de volonté, il n'était né que d'elle.

Imre comprenait mieux désormais la distance du grand-père, les étrangetés de sa relation avec Pál. Panka regarda en direction de l'hôpital où ils venaient de laisser Ági.

– Bien sûr, à l'époque, on n'avait pas vraiment ce genre d'options. Mais je ne sais pas…

– Quoi ? demanda Imre.

– Je ne sais pas si elle a pensé un moment à ne pas le garder.

Imre sentait qu'il était exclu de ces considérations. Panka ne le regardait même pas. Il lui était impossible d'aborder ce problème de la même manière que sa tante, Ágí ou Sara. C'était une histoire de femmes. Des mystères que l'on pouvait comprendre uniquement depuis le ventre porteur, la grande poche fertile qui les reliait entre elles, même Panka qui n'avait jamais eu d'enfant.

À l'hôpital, une heure plus tôt, il avait remarqué que sa sœur avait les jambes vissées ensemble, pas une minute elle ne les avait desserrées. Elle ne quitterait plus jamais cette posture étrange qui lui collait les cuisses l'une à l'autre dans un geste de défense et de douleur. On ne l'associerait bientôt qu'à ces petits pas crispés, à ce corps toujours légèrement plié en avant.

Elle avait subi un avortement difficile, suivi de complications. C'était son cinquième jour à l'hôpital et sa fièvre ne tombait pas.

Panka avait l'air de penser que c'était un moment approprié pour parler de Sara et de Pál. Toutes les histoires de ventre torturé se ressemblent.

– Tu sais qui est le père ? demanda-t-elle brusquement.

Imre comprit au ton qu'elle lui couperait volontiers les couilles s'il s'avérait être de ses connaissances. Il n'avait rien contre cette idée. Malheureusement il ne savait pas grand-chose.

– C'est un écrivain, dit-il.

– Qu'est-ce que c'est que cette connerie ? commenta Panka d'une voix encore plus rogue.

– Et il ne parle pas hongrois, ajouta Imre.

Il se rappelait la nuit du combat de chats. Il sentit un instant le besoin de confier à sa tante que sans rien savoir de l'homme en question, il avait vu à travers la serrure l'instrument responsable de la grossesse d'Agnès. La chose reposait tranquillement sur la cuisse gauche de l'homme, elle était d'un brun-rose fripé et d'une taille qui avait paru surprenante à Imre à l'époque. Le double traumatisme qui avait résulté de cette vision et du lien qu'il fallait établir entre la chose et sa sœur l'avait marqué. Mais il préféra se taire et remuer son café pour le faire refroidir. Il n'était pas sûr que Panka comprendrait.

L'homme à la bite

L'homme que Zsolt et Imre avaient vu ce soir-là chez Ági était, comme elle le leur avait confié, un écrivain étranger. Un Français. Il était professeur à l'université de Budapest. Il dirigeait un atelier dans lequel les étudiants traduisaient les œuvres complètes d'Aragon en hongrois, suite à la mort de l'écrivain en 1982. C'était un hommage. Le jeune professeur avait personnellement connu Aragon et Elsa Triolet qu'il appelait par leur prénom à la grande admiration des élèves.

Ági n'aimait pas la littérature communiste, mais elle avait un faible pour les écrivains français quelle que soit leur appartenance politique. Il lui avait suffi de lire « Il n'y a pas d'amour heureux » pour commencer à idolâtrer et Aragon et le professeur. Il s'appelait Étienne Causse. Il était jeune, parlait de poésie avec enthousiasme, portait des pantalons de velours et les cheveux un peu trop longs. Il avait écrit quelques textes publiés en France, dans des revues. Ági en avait trouvé un exemplaire à la bibliothèque de l'université.

C'était une nouvelle étrange, une histoire de prostituées assassinées par leurs clients. Les meurtres ont lieu dans une luxueuse maison close de Paris. Très vite, on comprend qu'il s'agit de la nouvelle lubie des hommes qui fréquentent l'endroit. Le sexe ne leur procure plus assez de plaisir, ils veulent changer de divertissement. L'un d'eux – un ancien appelé de la guerre d'Algérie rendu semi-dément par ce qu'il a eu à accomplir là-bas au début des années 60 – étrangle un jour une jeune prostituée rousse pendant un jeu érotique. On ne parvient pas à savoir si le jeu a dérapé ou s'il a agi délibérément. Suite à cet incident, il raconte aux autres clients les sensations que le meurtre lui a procurées et tous décident de l'imiter. Une par une, les filles de la maison sont retrouvées mortes. Les clients, riches et influents, achètent le silence de la patronne en alternant argent et menaces. Terrifiée par ces hommes sans scrupules, elle se laisse convaincre de ne pas appeler la police. Mais que faire avec les corps ? Durant une scène particulièrement terrible, Étienne décrivait la déambulation de la mère maquerelle dans les étages de son établissement silencieux. Dans chaque alcôve, elle découvre une fille sans vie. Chacune porte encore son costume de soirée : une femme de chambre, une reine d'Autriche, une nonne, une vampire dont les fausses dents retroussent la lèvre supérieure, deux petites filles aux couettes blondes et la princesse Grace Kelly. Elles sont étendues sur le sol de la chambre ou jetées en travers du lit comme des poupées disloquées, leurs costumes révélant des entrejambes parfaitement épilées, des seins roses, ici ou là un tatouage que la patronne a autorisé à condition qu'il ne soit pas vulgaire. Les rideaux rouges, les images pornographiques au mur, les bougies, tout est en place, tout est intact. Seules les jeunes femmes ont été impitoyablement brisées.

La patronne sanglote et panique à la vue de ces cadavres dont elle doit se débarrasser et qu'elle refuse de traiter sans dignité. Elle réunit autour d'elle les quelques employés masculins qui l'aident à tenir la maison et jusqu'à tard dans la nuit, ils discutent des solutions possibles en fumant à la chaîne. Elle finit par se ranger à l'idée de son neveu – l'agent de sécurité – et par acheminer les corps discrètement jusqu'au cimetière du Père-Lachaise où ils sont glissés dans de vieilles tombes qui ne contiennent plus que des ossements. L'histoire se termine sur la description d'un couple de touristes américains venu déposer des fleurs devant les sépultures d'écrivains et de musiciens célèbres. Ils ignorent qu'en fait ils rendent un dernier hommage à des filles de joie inconnues, sacrifiées à la perversité de leurs clients.

Ági avait lu ce texte avec un malaise croissant, sans savoir si la bizarrerie de l'atmosphère était voulue ou créée par son niveau insuffisant en français. Elle devait chercher les mots crus dans le dictionnaire parce qu'on ne les lui avait pas appris à l'université. Chaque fois qu'elle trouvait une définition, elle rougissait. Elle essayait de se convaincre que le dictionnaire empirait le sens de ces expressions. Étienne ne pouvait pas écrire des choses aussi révoltantes. Peut-être que si. Et Ági sentait bien qu'en même temps que le malaise, son attirance pour le jeune professeur grandissait à chaque mot sale, à chaque scène de sexe. Quand elle arriva au point final, elle était amoureuse.

La nuit du combat de chats était une des premières qu'ils aient passées ensemble. Il aimait venir dans son petit studio. Il disait qu'il y était inspiré. Très vite, il s'y installa à moitié, laissant toujours une veste, des papiers, des cigarettes. Quand il retournait en France pour parler du communisme et de la réception d'Aragon à l'étranger, il lui rapportait un cadeau. De la lingerie, des robes.

Elle adorait Étienne. Elle adorait coucher avec Étienne et elle adorait écouter Étienne discourir sur la France. Il lui parlait de Mitterrand qu'il disait fourbe, capitaliste et collabo. Il disait que les Français n'avaient aucune idée de ce qu'était une politique de gauche. Nous sommes nés trop tard, petite, disait-il souvent. Il aurait voulu faire une révolution. Ági était surprise de découvrir en lui un romantisme hystérique proche du sien et qu'elle jugeait incompatible avec le communisme. Il expliquait que la Hongrie était restée bloquée à une phase intermédiaire du processus politique et que la guerre froide empêchait qu'on se concentre sur ce qui était réellement important. On n'avait pas encore atteint l'état suprême dans lequel plus rien n'appartiendrait à personne.

– Et nous ne serons même plus nous-mêmes, Ági, ça ne voudra plus rien dire. Nous serons le monde entier.

Il lui parlait aussi de l'océan qu'Ági avait toujours rêvé de voir. Elle prétendait qu'elle suffoquait dans son pays sans rivage. Elle associait toujours la mer à l'ivresse : elle avait lu des livres qui disaient du vent et des embruns qu'ils étaient grisants. Elle pensait que c'était littéral. Elle voulait tout savoir de l'Atlantique. Étienne s'allongeait sur le lit avec elle, posait la tête sur son ventre et racontait la Bretagne. Ági le grattait doucement derrière les oreilles et sur la nuque.

Elle soupçonnait parfois qu'il couchait avec d'autres filles. Il sentait un parfum étrange. Il demandait à rentrer prendre une douche avant de passer la voir. Lorsqu'une nouvelle élève se joignait à la classe, Ági la détaillait toujours avec angoisse. Elle avait soudain l'impression que Budapest regorgeait de jolies filles. Elle se regardait dans le miroir, se demandait pourquoi un homme resterait avec elle, ce qu'elle avait à offrir de plus. Mais le jeune professeur revenait toujours. Six ans. Presque chaque nuit.

Elle avait tout d'abord été très heureuse quand elle s'était rendu compte qu'elle était enceinte. Elle se sentait prête à être mère. Et à présent que les frontières étaient ouvertes, elle espérait qu'Étienne les emmènerait à Paris, elle et l'enfant à venir. Ils monteraient tous les trois en haut de la tour Eiffel. Le contrat d'Étienne touchait en effet à sa fin. L'université l'avait gardé quelque temps après la chute du régime parce qu'il avait le mérite d'être sur place. Mais maintenant que d'autres professeurs traversaient l'Europe, on voyait mal pourquoi continuer à payer un communiste pour enseigner à la jeunesse du pays. Il rentrerait à Paris dans quelques mois.

Le soir où Ági lui annonça sa grossesse, elle avait revêtu une robe rouge à gros pois blancs. C'était la plus française de ses tenues et elle voulait lui faire comprendre qu'elle était prête à faire le voyage avec lui.

Mais le professeur avait dit non.

Il avait déjà une famille en France. Attends. Ce n'est pas ce que tu crois. Ils avaient des problèmes. Il n'y avait plus d'amour. Ce n'est rien de comparable à toi. Mais il avait des responsabilités envers eux. Une famille, c'est sacré. En rentrant à Paris, il voulait essayer à nouveau. Il voulait assumer son devoir d'homme et de père et rester auprès d'eux. Toi non plus tu n'abandonnerais pas les tiens.

La carte des desserts ?

Il avait deux petits garçons qui avaient besoin de lui. Je les ai privés d'un père trop longtemps. L'aîné allait sur ses neuf ans. Une famille, ça ne se brise pas. Ça ne se recommence pas ailleurs. Il paierait l'hôpital pour Ági, bien sûr. Elle n'aurait à s'inquiéter de rien.

Pendant tout le dîner, il lui proposa du vin. Et à

chaque fois qu'Ági répondait par la négative, il avait l'air exaspéré, blessé par ce rappel de la grossesse. Il aurait voulu qu'elle fasse semblant. Puisqu'elle n'allait pas le garder de toute manière.

Ne pleure pas.

Il paierait même un peu plus s'il le fallait, si elle avait besoin d'aide pour la suite. Elle méritait de vivre comme une princesse.

On nous regarde.

Il paya en effet puis quitta Budapest sans donner d'adresse.

Paris Californie

Imre pensait, il pensait beaucoup. Principalement à la mort. Ildiko était la première personne qui disparaissait de son entourage. C'était un coup de bélier dans sa forteresse. La perte de la personne qui lui avait donné la vie avait englouti un peu de son existence à lui aussi. Il se sentait incomplet, comme si l'enveloppe de son corps dissimulait des creux, des organes manquants. Il souffrait d'une sorte d'incompétence à vivre calmement, au jour le jour, maintenant que sa mère n'était plus là. Elle était partie avant de lui transmettre son talent pour prendre les choses comme elles viennent. Elle l'avait laissé faillé, ébréché, sans muraille, et la peur lui rongeait l'estomac. Imre ne voyait plus que la fragilité extrême de sa famille.

Il avait peur pour Ági, pour Pál, pour le grand-père. L'idée que l'un d'entre eux puisse mourir à son tour lui était insupportable. Tout ce qui les entourait lui apparaissait désormais comme une accumulation de dangers.

Il était miraculeux qu'ils aient réussi à rester en vie jusque-là, pensait-il.

Imre surveillait son petit monde avec une attention paranoïaque. Il lut les notices des médicaments que prenait le grand-père et trouva des indications aberrantes, des menaces de crise cardiaque, de pilosité indésirable, de malformations des fœtus. Même la pharmacie n'était pas fiable. Et ils lui faisaient pourtant confiance. Ils ne se méfiaient pas de toutes les formes que peut prendre la mort. Imre se réveillait la nuit après avoir vu en rêve de nouvelles menaces. Il faisait un tour des lits, vérifiait qu'il pouvait entendre son père et son grand-père respirer, puis il retournait se coucher sans trouver le sommeil.

C'est au même moment que lui échut la responsabilité de s'occuper du transformateur, le monstre à étincelles qui l'avait terrifié dans son enfance. Le grand-père ne bougeait plus de son fauteuil et Pál était d'une distraction dangereuse depuis la mort de sa femme. Imre se chargea des visites de contrôle dans la grosse armoire métallique compliquée de câbles. Les années ne l'avaient pas rendue plus rassurante. Elles avaient au contraire attaqué les gaines de caoutchouc, corrodé les connecteurs. Imre posait du scotch orange pour empêcher les contacts des métaux mais il ne savait pas réellement ce qu'il faisait.

Ses inquiétudes et ses rondes quotidiennes l'empêchaient de rêver à quitter la maison au bord des rails, alors même que son salaire du Diamond lui aurait permis de se loger dans le centre-ville. Il n'osait pas penser à faire éclater sa cellule familiale diminuée. Au moins, se disait-il, il avait échappé à la gare. Il avait trouvé un travail ailleurs.

Après son avortement, Ági perdit le goût de tout. Elle ne s'en aperçut pas tout d'abord, pensa reprendre sa vie comme elle l'avait laissée. Mais toute seule dans son studio, elle réalisa qu'elle ne s'intéressait plus à rien. Surtout pas à la littérature française. Elle s'en foutait éperdument. Même l'océan ne la faisait plus rêver. Elle arrêta de penser au bruit des vagues. Elle restait dans la petite cuisine à regarder la cour intérieure par la fenêtre, comme les veuves silencieuses des appartements voisins. Elle bougeait très peu, elle avait trop mal. Le moindre geste l'épuisait, la fatigue lui brûlait les yeux. Elle marchait sans desserrer les cuisses, terrifiée à l'idée que quelque chose puisse à nouveau se glisser à l'intérieur d'elle.

Imre la trouvait collée à la vitre lorsqu'il lui rendait visite. Mais elle disait qu'elle ne regardait rien, vraiment. Elle se contentait de se tenir là, le front contre le carreau. Il ne supportait pas de la voir comme ça ni de la savoir seule. Il avait peur qu'elle avale des médicaments. Quand il sonnait à l'interphone, il avait peur que personne ne réponde, peur d'avoir à enfoncer des portes, peur de la trouver par terre, les lèvres bleuies, les yeux dans le vide. Il lui proposa de revenir vivre avec eux.

Le soir même, il la ramenait à la maison au bord des rails, avec une valise minuscule qui ne contenait que ses robes parisiennes. Elle avait laissé le reste dans son ancien appartement. Elle aurait voulu tout brûler. Comme si Étienne avait contaminé les meubles, oublié un peu de lui, glissé des souvenirs dans les rainures du sol, six ans de vie émiettés dans les moutons de poussière dégueulasses sous le canapé, dans les coins. Elle refusait d'y toucher. C'est Imre qui fit le ménage en son absence.

Lorsqu'elle passa la porte de la maison au bord des rails, soutenue par son frère, Ági ne ressemblait plus à la jeune fille pleine de vie qui en était partie quelques années plus tôt. Sa nouvelle démarche, genoux vissés, cuisses serrées, l'empêchait de se déplacer rapidement. Elle oscillait sans cesse, refusait de s'asseoir. La douleur entre ses jambes était trop lancinante.

Elle retrouva son lit dans la chambre des enfants, à côté de celui d'Imre. Pendant la nuit, elle gémissait, grinçait des dents et émettait de petits sifflements, comme les oiseaux en cage. Pendant la journée, elle restait immobile et chantonnait en français. Imre ne comprenait pas les paroles. Sa voix était devenue encore plus faible. On l'entendait à peine. C'était un bourdonnement, un son dont on cherchait la provenance avec agacement.

Imre dut ranger ses possessions personnelles et les documents inhérents à son travail, catalogues de fournisseurs, photographies dédicacées d'Anastazie dont il faisait collection, échantillons de tissus pour une future gamme de produits.

– *Apa* m'a dit que tu travaillais, dit Ági, qu'est-ce que tu fais ?

– Je suis barman, dit Imre.

Il n'était pas sûr qu'Ági soit prête à entendre parler de sexe à nouveau. Pas après ce qu'elle venait de traverser.

Il lui était difficile de regarder sa sœur sans penser avec culpabilité à son travail. Ági lui montrait que ce à quoi il consacrait ses journées pouvait entraîner des opérations douloureuses, créer des traumatismes. Ce n'était plus le domaine technique accessoirisé pour plus de plaisir qu'Imre connaissait mais un terrain de jeu brutal avec des gagnants et des perdants. Pendant quelques semaines, il ne put plus regarder dans les yeux les clients à qui il vendait la marchandise du Diamond. Il avait honte d'appartenir au genre masculin, de partager quoi que ce soit avec l'homme à la bite. Il avait l'impression d'être du côté de ceux qui font mal.

– Business, répondait Adam quand il exprimait ses doutes, les affaires ne choisissent jamais de camp.

Imre essayait de se satisfaire de cette absence de morale. Quand il ne voyait pas sa sœur, il pouvait y croire un peu. Mais le reste du temps c'était peine perdue.

Durant les premiers mois qui suivirent son retour, Ági ne fit rien. Elle ne sortait pas, n'aidait personne, elle ne parlait pas. Elle se levait le matin, passait une de ses robes parisiennes, se recouchait et allongée sur le dos chantait en fixant le plafond. Quand le soir venait, elle se relevait un moment, ôtait la robe puis retournait s'allonger et commençait à dormir en grinçant des dents.

Ses robes étaient magnifiques. Ági avait toujours aimé les couleurs. Il y en avait des rouges, des jaunes, des blanches. Épaulettes et décolleté en pointe. Taille cintrée. Jupes volantes. Les robes soyeuses et le corps en souffrance de la jeune femme formaient un contraste dérangeant. Sous les tissus brillants, on voyait les angles de ses postures, l'inconfort de ses os forcés et toujours le triangle de ses genoux joints.

Elle restait couchée, immobile, tache de couleur vive sur son petit lit d'enfant. Imre la laissait là en partant le matin et la retrouvait à la même place. Il s'inquiétait pour elle mais elle souriait à ses questions pressantes et ne bougeait pas.

– Tu devrais travailler, lui dit Pál.

Ce fut sa seule contribution pour lui venir en aide. Il pensait que le travail absorbe la tristesse, qu'il suffit de ne pas avoir le temps de pleurer pour que les choses s'arrangent. Quand Ildiko était morte, il avait commencé à allonger ses horaires. Il y avait toujours quelqu'un dans la gare de Nyugati pour chercher des cigarettes, une bière, une sandwich. Toutes les épaves, les naufragés des gares au milieu de la nuit passaient par son petit comptoir, prenaient un verre, parlaient un peu. Le cortège des veufs, des perdus, des insomniaques, avec des nez si gros de chair qu'on aurait pu y trouer des narines supplémentaires, aux pas trébuchants, à l'odeur vieillie. Ils avaient les yeux mouillés, des histoires de vie tellement rabâchées qu'elles ne les atteignaient plus. Pourtant, par sécurité, ils préféraient boire jusqu'à les faire totalement disparaître. Et Pál, les mains serrées autour d'une tasse de café en plastique, se laissait bercer par les douleurs des autres jusqu'à ce que vienne l'heure de dormir.

Ági ne réagit pas aux propos de Pál mais Imre, lui, suivit les préceptes de son père. Il ne dormait de toute manière presque plus depuis qu'Ági était revenue s'installer dans leur chambre d'enfants. Pour occuper ses insomnies, il s'adonnait à la frénésie de surveillance qui l'avait pris après la mort de sa mère, se levant vingt fois pour regarder dormir les membres de sa famille. Il ne pouvait pas s'en empêcher. Il décida de prendre ses distances, d'éviter la maison d'où venaient toutes ses angoisses. Maintenant qu'il était insomniaque, le Diamond pourrait rester ouvert non stop

Il monta un dossier pour convaincre Adam de la nécessité de ne pas fermer le soir. Il réalisa son premier PowerPoint sur l'ordinateur du magasin. C'était un chef-d'œuvre rose et bleu, en dégradé. On y découvrait des statistiques de ventes par tranches horaires et des profils de futurs clients nocturnes. Imre présenta très sérieusement à son patron les cas douloureux de couples qui découvrent *pendant* un rapport qu'il leur manque des accessoires et qui dans leur frénésie paieraient très cher la moindre boîte de préservatifs, le moindre flacon de lubrifiant. C'étaient des situations dans lesquelles on pouvait doubler, tripler les marges, mais il fallait veiller tard pour pouvoir en profiter. Et lui, Imre, était prêt à le faire, au même tarif que les horaires de jour s'il le fallait. La présentation PowerPoint se terminait par une explosion suivie du mot FIN. Imre savait que c'était exagérément dramatique pour un projet professionnel mais il n'avait pas pu s'en empêcher. Les richesses de l'ordinateur le fascinaient.

Adam Karoly accepta l'idée à l'essai et elle s'avéra payante. Les gens entraient plus facilement dans un sex-shop à minuit qu'à l'heure du déjeuner, ils s'y sentaient moins déplacés. Mais il refusa qu'Imre s'occupe sans arrêt de la boutique, il engagea un autre vendeur pour la seconde moitié de la nuit, un garçon très pâle avec du latin tatoué sur l'épaule. Imre ne l'aimait pas beaucoup. Quand l'autre était entré dans la boutique pour la première fois, il avait commenté la présence de la silhouette en carton par un « C'est qui cette pouffiasse ? » complètement désenchanté. Imre était désolé qu'Anastazie ait à supporter un imbécile pareil à partir de deux heures du matin. Il quittait la boutique à regret, marchait à reculons vers la porte. Après une quinzaine d'heures dans la lumière rose, le retour au monde du dehors était toujours étrange, désagréable. Les rues étaient figées dans un silence irréel, comme si la fin du monde avait eu lieu. Les réverbères manquaient de puissance, n'éclairant que des flaques jaunes à leur pied, et le reste du décor était mangé par les ombres brunes. Les arbres bruissaient de part et d'autre de la rue Ötpacsirta. Imre avait besoin de tout le trajet jusqu'à chez lui pour reprendre ses esprits.

La première fois qu'il trouva Ági dehors, en rentrant pendant la nuit, il fut heureux qu'elle ait bougé du lit. Elle fumait une des cigarettes de leur père, enveloppée dans un grand châle jaune. Et puis Imre aperçut Pál, à sa place habituelle contre le mur, lui aussi occupé à fumer. Le père et la fille recrachaient des volutes grises dans l'obscurité, sans parler. On entendait leur souffle modulé et le chant des grillons.

– Ça va ? demanda Imre.

Il n'obtint pas de réponse. Pál et Ági ne voulaient pas entrer dans le monde des parlants. Ils préféraient leur silence.

Très rapidement, cela devint une habitude. Imre suivait les rails dans la nuit, à l'heure où plus aucun train ne passait, où il pouvait marcher sans peur. Et, arrivé près de la maison, il voyait les points rouges de deux cigarettes dans le jardin triangulaire.

Ági et Pál fumaient un paquet entier pendant la nuit, avant de trouver la force de regagner leur chambre. Ils regardaient devant eux dans le noir, sans jamais se confier ce qu'ils y voyaient. En début de soirée, ils devaient parfois se pencher quand un dernier train passait et qu'un objet volant traversait l'obscurité dans leur direction mais à part ces légers mouvements, ils restaient immobiles. Parfois, la voix du grand-père leur parvenait à travers les murs de planches, leur intimant de rentrer s'occuper de lui, demandant ce qu'ils foutaient, les insultant copieusement. Avec les années, le caractère de chien du grand-père devenait problématique. Il ne supportait plus personne.

– Parce que plus personne ne me supporte, maugréait-il quand Imre lui reprochait ses accès de colère. Tout le monde déteste les vieux.

La joie qu'avait eue Imre à voir Ági sortir de la maison disparut bientôt. Sa sœur ne se déplaçait pas plus loin que le jardin, parlait toujours aussi peu. Il essaya à son tour de la convaincre de trouver un travail. Il aurait voulu qu'elle soit en contact avec d'autres personnes, que celles-ci puissent la ramener peu à peu vers la vie normale. Il tentait de se défausser de la responsabilité trop grande de s'occuper seul d'Ági et il se sentait coupable. Mais il se rappelait aussi les ambitions qu'avait eues sa sœur, la précipitation avec laquelle elle avait fui la petite maison et leur famille et il ne pouvait se résoudre à ce que, comme le grand-père, elle prenne racine au bord des rails, en n'espérant plus rien, en trouvant tous ses repères dans le passage des trains.

– C'est du gâchis, disait-il, tu devrais faire quelque chose avec toutes tes études.

Ági ne répondait pas. Tout dans son attitude indiquait qu'elle était inapte à travailler. Elle se trouvait bien comme ça. Dans le silence. Dans ses robes.

– S'il te plaît, suppliait Imre, fais ça pour moi.

Quand il essayait de convaincre sa sœur, il retrouvait des intonations d'enfants.

Au bout de quelques mois, Ági se résolut à accepter un poste dans le centre d'appel d'une société française délocalisée à Budapest. Elle avait obtenu de pouvoir travailler dans un fauteuil à bascule sans voir personne. Son casque la coupait du monde extérieur, des bruits de ses collègues qui dans les stalles voisines se livraient à la même occupation. Et elle pouvait parler français à longueur de journée.

On l'avait renommée Julie, elle devait prétendre être parisienne. Chaque matin on leur laissait à l'entrée du bureau des journaux français et un compte rendu météorologique censés leur fournir les informations et anecdotes nécessaires pour alimenter ce mensonge.

– Bonjour, je m'appelle Julie. Beau temps à Paris, n'est-ce pas ? Avez-vous entendu parler de nos offres d'abonnement ?

Ági travaillait bien. Ses supérieurs étaient contents d'elle. Ils ne pouvaient pas savoir que la rage avec laquelle elle multipliait les appels venait de son espoir de reconnaître un jour la voix d'Étienne. Ági avait tenté plusieurs fois de le retrouver. Elle avait consulté les brochures de la Sorbonne sans jamais y lire le nom du professeur Causse. Elle en avait déduit qu'Étienne lui avait donné un faux nom ou qu'il n'avait jamais enseigné dans cette université. Un menteur et un vantard. C'était douloureux de se rendre compte que pendant six ans, elle avait vécu avec quelqu'un qui n'existait pas. Elle avançait à l'aveuglette, appelant chaque nom figurant sur sa liste quotidienne avec le même espoir. Mais les hommes qui répondaient n'étaient jamais Étienne. Quelques secondes à peine étaient nécessaires pour qu'Ági en soit sûre. Ce n'était pas sa voix, celle qui parlait du socialisme, de la Bretagne et des poèmes d'Aragon. Mais lorsqu'une femme répondait, Ági n'avait aucun moyen de savoir s'il s'agissait de son épouse. Est-ce qu'Étienne aurait pu être attiré par cette voix ? Elle déroulait sa litanie d'offres et de promotions de manière hypnotique pour empêcher son interlocutrice de raccrocher, pour la pousser à parler encore. Elle aurait voulu que chacune de ses clientes lui raconte sa vie sans rien taire.

Lorsque la personne démarchée acceptait l'abonnement, elle devait fournir quelques renseignements les concernant, elle et sa famille. Ági espérait toujours qu'en remplissant ce petit questionnaire, quelqu'un laisse échapper un indice crucial sur son ancien amour. Il y avait une urgence dans sa voix qui empêchait les clients de raccrocher sans l'écouter. Ses primes de fin de mois étaient toujours les plus élevées.

Dans son sommeil, les questions en français se mêlaient aux grincements de dents. Imre l'entendait murmurer : Bonjour, je m'appelle Julie. Connaissez-vous notre nouvelle formule à cinquante francs par mois ? Il n'était pas sûr que ce soit bon pour Ági de parler toute la journée dans la langue du professeur. Ça l'empêchait de cicatriser. Mais il l'avait encouragée à trouver du travail. Il n'osait pas à présent revenir sur sa position.

Les jours de fermeture du Diamond continuaient à poser problème à Imre. Il devait alors passer vingt-quatre heures consécutives dans la maison au bord des rails et pour lui c'était un calvaire. Il multipliait les occupations à l'extérieur, partait marcher le matin pour ne revenir que le soir. Parfois il restait sur un banc, à ne rien faire. Il appréciait de ne voir que des inconnus.

Il se disait pendant ses promenades qu'aucun des habitants de la maison ne comprenait les autres. Le grand-père avait trop de colère, Pál trop de tristesse, lui-même avait trop de frustration, et Ági vivait la moitié du temps à Paris, sous le nom de Julie, sans pour autant quitter sa cellule de travail. Elle ne partageait pas tout à fait leur existence.

Dans ces conditions, la vie en commun manquait

d'harmonie. Chaque rencontre entre deux habitants se soldait par une incompréhension pénible et par un nombre croissant de cigarettes fumées. Imre s'y était mis récemment. Ils fumaient tous les trois des marques de cigarettes différentes, de couleur reconnaissable. C'était comme choisir son pion au début d'un jeu de société. Imre avait pris le rouge des Pall Mall, sa sœur avait le vert des Sopianae Menthol, leur père le doré des Benson. Le jardin triangulaire n'était pas grand, mais lorsqu'ils fumaient ensemble dehors, ils avaient l'illusion d'avoir davantage de place, d'être libres de partir.

Imre passait de longues heures à marcher sur l'île Marguerite. Il savourait ces moments de solitude, l'espace ouvert, les figures anonymes des passants. On était au début du mois de juin 1993. Les arbres libéraient quantité de spores et de pollen qui épaississaient l'air. Des fleurs blanches cotonneuses se détachaient à chaque rafale de vent. Elles emplissaient les caniveaux, les rainures de la route. Le sol écumait.

Un après-midi, après avoir fait deux fois le tour de l'île sans trouver assez de monnaie dans ses poches pour se payer un roulé à la cannelle, Imre s'arrêta à l'ombre d'un arbre, sur l'une des immenses étendues de pelouse. L'île n'était pas aussi animée que les dimanches où elle se remplissait d'enfants, de ballons, de vélos, de vendeurs ambulants et de joueurs de badminton. Il sortit son paquet de cigarettes et en alluma une.

Ce n'est que quelques minutes après s'être allongé

dans l'herbe qu'il repéra la fille à l'autre bout de la pelouse. Elle était blonde. Elle bronzait étendue sur un paréo, vêtue d'un haut de bikini et d'un short en jean. Elle portait des lunettes de soleil surdimensionnées. Le bas de son visage paraissait minuscule en comparaison.

Imre la regarda longtemps du coin de l'œil. Il aurait voulu appeler Zsolt. Il était persuadé qu'il avait enfin affaire à une Californienne, après toutes ces années d'attente. Il paniquait tant son excitation était grande. Le monde s'était enfin rétréci, il était désormais à la taille des rêves de leur adolescence. Et Zsolt n'était pas là pour partager ce moment, Zsolt ratait la présence de cette jeune fille blonde sur la pelouse d'une île hongroise.

Elle se retournait toutes les demi-heures pour exposer l'autre côté de son corps au soleil. Quand elle aperçut le regard insistant d'Imre, elle eut un sourire discret en baissant sur son nez les énormes lunettes de soleil. Imre eut l'impression qu'elle avait les yeux turquoise comme les photographies du Pacifique. Peut-être qu'elle faisait du surf. Elle était mince et musclée. Peut-être qu'elle avait des amies à qui elle disait : Prends ta planche, on va à la plage.

Il dévorait des yeux la manière dont les franges de son short tombaient sur ses cuisses rondes et bronzées. Il aurait voulu la voir chausser des rollers et partir zigzaguer sur les chemins de l'île.

Il fallut l'évocation conjuguée de ses années de

fantasmes solitaires, de sa situation au Diamond entouré d'images de filles nues, et du mépris que Zsolt aurait pour lui s'il ne faisait rien, pour qu'il trouve le courage de se lever et de marcher. La pelouse semblait régie par les mêmes lois physiques absurdes que le terrain de football dans *Captain Tsubasa* : elle s'allongeait curieusement au fur et à mesure qu'il avançait. La Californienne l'observait en souriant et sa marche lui paraissait interminable. Il sentait au-dessus de sa lèvre une mince couche de sueur qui commençait à perler, dessinant sur son visage une moustache brillante. Il savait par avance qu'il aurait les mains moites au moment où il tenterait de la saluer d'un geste viril et dégagé.

Finalement il parvint à traverser l'immensité de la pelouse. La fille le regardait en plissant les yeux. Il crut tout d'abord qu'elle était incommodée par l'odeur de sa sueur et pensa à partir en courant. Mais sa grimace était simplement due au contre-jour.

– Hello, dit-il d'une voix éraillée.

– Hello, répondit gentiment la Californienne.

– What's up ? demanda Imre.

Son apprentissage au Diamond et l'arrivée massive des films et des feuilletons américains sur le marché hongrois lui avaient permis d'acquérir quelques notions d'anglais. Il avait acheté une télévision couleur pour la maison au bord des rails. Il regardait *Dallas*, *Alerte à Malibu* et *Knight Rider* en répétant à voix haute les prénoms exotiques des héros : Mitch, Sue, Bobby. Un peu de l'Amérique entrait dans la maison, avec ses épaulettes structurées, ses vagues de cheveux soulevées par la laque et le bruit des bagues dorées contre les verres de whisky.

Il s'était rebaptisé Imy, sûr qu'aucun Américain ne saurait rouler le « r » de son nom proprement. Il l'avait fait inscrire sur son badge du Diamond. Quand des touristes entraient dans le magasin, Imre savait que la vue de ce nom simple et efficace les rassurait.

Il tendit la main à la Californienne encore à demi allongée sur la pelouse.

– I'm Imy.

– Kerstin, répondit-elle, Kerstin Weinhamer.

Pendant un instant, il douta, tentant de s'accrocher encore à son rêve. Mais elle ajouta : From Köln. Et Imre dut se rendre à l'évidence, aussi déplaisante fût-elle : la jeune femme était allemande.

Somewhere over the iron curtain

Imre quitta son travail au Diamond Sex Shop à la fin de l'été 1993. Adam Karoly accepta difficilement sa démission. Depuis quelques mois, il pensait lui proposer de devenir son associé. Il appréciait le travail du jeune homme, sa compagnie, ses idées. Pour Karoly, il était clair qu'Imre était fait pour ce commerce : il en avait une compréhension intuitive. Tous les deux, ils faisaient du chiffre, mais pas seulement : ensemble ils inventaient le sex-shop du futur. Ils étaient l'avenir de la sexualité. Est-ce que ce n'était pas assez pour Imre ? Est-ce qu'il se croyait trop bon pour le Diamond Sex Shop ?

Imre aurait voulu lui faire comprendre que ce n'était pas une trahison mais il ne trouvait pas les mots justes. Tout son discours était maladroit. Il n'avait rien à dire, en réalité. Il était sincèrement désolé. Le Diamond avait été son refuge pendant toutes ces années, c'était lui qui avait rendu acceptable le chaos du bord des rails. Mais il ne pouvait pas expliquer à Adam pourquoi il partait. La raison était trop personnelle et trop sentimentale. Ce n'était pas le genre de raisons qu'on pouvait invoquer sans gêne en se tenant devant un présentoir de magazines porno.

Le propriétaire, tout en l'écoutant, réassortissait une vitrine à grands gestes nerveux. Il faisait désormais semblant d'être indifférent au départ de son employé mais ses mains tremblaient et les accessoires qu'il disposait refusaient de rester en place. Après avoir regardé des boules de geisha rouler au sol pour la troisième fois, Imre lui proposa de l'aider.

– Non !

Le cri d'Adam les fit tous les deux sursauter. Il y eut un petit silence.

– Prends ton dernier mois dans la caisse et va-t'en, dit finalement le propriétaire en ramassant les boules autour de lui.

Imre quitta la boutique sans ajouter un mot. Il se sentait partagé entre des sentiments contraires. Il était triste de perdre l'abri du Diamond, de ne plus jamais revoir l'air tendrement ahuri d'Anastazie sur la figurine en carton – il n'avait pas eu le temps de lui dire au revoir, il espérait qu'elle comprendrait –, de ne plus entendre le bruit du rideau métallique au début de la journée. Mais il était aussi fier de quitter le sex-shop pour une vraie femme, pour un corps qu'il avait réellement possédé. Il se sentait devenir homme, tout à coup, en abandonnant derrière lui les fantasmes de papier glacé et en trouvant le courage d'affronter un être vivant. Il avait Kerstin. Et

Kerstin valait bien le Diamond et toutes les étudiantes tchèques.

Qu'est-ce qu'il aurait pu expliquer à Adam Karoly ? Pour que celui-ci comprenne l'ascendant que Kerstin avait sur lui, il aurait fallu lui raconter tellement de choses. Il aurait fallu lui raconter la première fois qu'ils avaient fait l'amour. Il se tenait à quelques pas d'elle, dans sa chambre d'hôtel, et ils étaient tous les deux nus. Et quand Imre avait osé s'approcher, poser la main sur elle, il aurait fallu raconter à Karoly la surprise que la peau soit chaude, vivante, râpée aux coudes, brunie aux genoux. Pas du papier. La main sur un autre être humain. Et parce qu'elle était une personne, Imre avait soudain eu peur, il avait été pris de tremblements. L'image d'Ági lui avait traversé la tête et il s'était mis à bredouiller dans son anglais maladroit :

– Je ne veux pas. Je vais te casser. Je vais te casser.

Kerstin était mince, sans hanches, avec une ossature comme un oiseau qui se déploie.

– Je vais te casser, je vais te casser.

Elle s'était contentée de rire. Elle avait vingt-trois ans et elle était sûre d'être invincible, incassable. Elle l'avait attiré à elle en riant. Ils avaient fait l'amour. Ça ne ressemblait à rien de ce qu'Imre avait imaginé. Et depuis il l'idolâtrait.

Il se rendait compte en la regardant que jamais il n'avait su ce qu'était l'amour avant elle. Bien sûr, à plusieurs reprises, il avait été convaincu d'aimer. Il aurait combattu des dragons pour certaines filles. À mains nues s'il l'avait fallu. Les amies d'université d'Ági surtout lui avaient inspiré des passions violentes et brèves. Il pensait à elles avant de dormir, il murmurait leurs noms, les imaginait confusément nues et en tenue de mariée devant l'autel. La femme des bains avait également habité ses pensées pendant des mois. Il avait rêvé de la retrouver, de la tenir enfin dans ses bras. Mais ce n'était pas de l'amour.

Il n'était pas sûr que son corps soit à la taille de ce nouveau sentiment, ça lui faisait mal. Quand Kerstin lui souriait, il croyait entendre ses côtes craquer. Il était comme le cocher du conte de Grimm qui ceint son cœur de cercles de fer pour l'empêcher de voler en éclats. À défaut d'une armure plus efficace, il plaquait ses deux bras contre sa poitrine en tâchant de contenir l'agitation intérieure. Il avait peur d'exploser ou de vomir. En pleine rue, le rire de Kerstin l'empêchait d'avancer. C'était comme un vertige, comme une montée de fièvre. Elle croyait qu'il avait des crises d'asthme. Elle ralentissait pour qu'il puisse la rattraper, lui tendait gentiment la main.

Il passait tout son temps avec elle. Elle voulait le suivre partout, faire exactement les mêmes choses que lui. Elle avait soif de la vraie vie, disait-elle.

Elle disait qu'en Allemagne ils ne savaient pas vivre, qu'ils avaient oublié le goût des choses. Elle trouvait que ses parents étaient ternes, ennuyeux. Ils travaillaient tous les deux pour une société d'électroménager depuis trente ans. Selon Kerstin, leur préoccupation majeure dans la vie était d'acheter des portefeuilles suffisamment grands pour y faire entrer des billets sans les froisser. C'est l'ordre, tu vois. Elle riait toujours des choses qu'elle critiquait. Ce n'était jamais méchant, elle paraissait simplement tout trouver absurde.

Elle, elle suivait des études pour devenir professeur. Mais l'idée d'adopter une position d'autorité la mettait mal à l'aise. Elle ne savait pas si elle passerait le diplôme final. Elle voulait travailler sur l'*épanouissement* et non sur l'éducation.

– Mais ça je ne sais pas comment faire, je n'ai pas de méthode.

Ça la faisait rire à nouveau. Elle avait mis ses études en pause le temps de trouver une réponse. Un nouveau système éducatif qui ne brime personne. Elle n'y consacrait pas suffisamment de temps. Elle n'aimait pas s'arrêter pour réfléchir. Alors, quand une idée lui venait toute seule, ses recherches faisaient un grand pas mais entre chaque avancée, il y avait beaucoup de silence et de stagnation.

Elle pensait que seuls les pays fraîchement sortis du communisme avaient l'énergie et l'espoir qu'elle voulait connaître. C'était la raison de sa présence sur l'île Marguerite le jour où Imre l'avait rencontrée. Depuis la chute du rideau de fer, Kerstin et sa sœur passaient toutes leurs vacances dans une ancienne démocratie populaire. Elles voyageaient frénétiquement, effrayées que l'enthousiasme puisse retomber avant qu'elles aient profité de tous ces pays. Elles voulaient se mêler aux locaux, partager leur joie, les changements de modes de vie. Mais cette année-là, Monika – la sœur de Kerstin – avait fait une mauvaise chute de cheval et elle avait dû partir seule.

La solitude rendait Kerstin moins aventureuse. Elle n'osait pas autant, craignait les réactions des gens. L'apparition d'Imre l'avait sauvée alors qu'elle s'apprêtait à passer des vacances timides à l'abri de ses lunettes de soleil. Elle s'était jetée dans ses bras, heureuse d'avoir une histoire à raconter à Monika à son retour.

– Raconte-moi, demanda-t-elle, comment c'était sous le communisme ?

– On ne pouvait pas acheter de bananes, répondit Imre.

Il les avait découvertes en 1990 et il s'était rendu compte qu'il adorait ce fruit. Il pouvait passer des jours à ne se nourrir que de ça. Le fait d'avoir perdu plus de quinze ans de sa vie à ignorer l'existence des bananes l'avait considérablement perturbé. Il était persuadé que sa vie aurait pu être tout autre si le communisme n'avait pas changé son enfance en un long désert dépourvu de fruits exotiques.

– De bananes, répéta Kerstin.

Elle avait l'air un peu déçu.

Elle posa beaucoup d'autres questions. Elle voulait

des détails vrais, des choses qu'on ne lit pas dans les guides. Parfois elle répondait à ses propres questions en citant les pays qu'elle avait déjà visités. Elle voulait connaître les similarités et les différences. La somme de petites histoires qu'elle avait accumulées pendant ses voyages était impressionnante. Elle les racontait comme si chacune lui était arrivée personnellement. Et Imre soupçonnait qu'elle était en effet partie à la recherche de ces témoignages d'une manière très personnelle. Elle avait probablement multiplié les relations amoureuses, dans sa peur de manquer quelque chose de la vraie vie, elle avait dû aller chaque fois jusqu'au sexe, jusqu'à planter ses dents dans la chair locale pour savoir si elle avait un goût différent. Cette connaissance intime des êtres dont elle parlait donnait de l'intérêt à ses histoires. Imre en était jaloux. Il savait pourtant que cette soif de connaissance avait été sa chance à lui aussi : il était l'expérience hongroise.

Imre, lui, n'étudiait pas Kerstin. Il n'osait pas l'examiner de trop près. Il avait peur de découvrir qu'elle n'était pas réelle. Il avait peur de faire éclater au grand jour l'absurdité de sa présence et de la faire repartir, ou disparaître dans un nuage de fumée. Elle était une Mélusine dont il ne voulait rien savoir. Imre ne posait pas de questions sur l'Allemagne, ni sur le passé de Kerstin parce que c'était une vie dans laquelle il n'existait pas et il voulait que la jeune femme l'oublie. Il trouvait sa place dans le silence, dans le vide, sans avoir à se battre contre les fantômes d'un pays riche, d'une famille idéale ou des anciens amants.

Parfois la nuit, il la regardait dormir près de lui et il sentait soudain un besoin de la toucher, d'enfoncer son doigt entre deux côtes pour être sûr qu'elle était bien là. Il résistait toujours à cette envie. Il avait trop peur que ses mains ne rencontrent rien.

À la fin de l'été 1993, Kerstin décida de ne pas repartir. Elle sentait dans sa relation avec Imre l'occasion de montrer du courage, d'embrasser une nouvelle vie. *J'ai réalisé*, écrivit-elle à Monika, *que connaître ces gens et puis les abandonner, c'est comme ne jamais les connaître. J'ai l'impression de n'avoir rien vu pendant les années précédentes qui n'ait pas été brouillé par le fait que de toute manière on repartirait toi et moi, on rentrerait en Allemagne. Mais maintenant c'est réel.*

Sans l'admettre, Kerstin savourait d'autant plus le *réel* de sa situation que Monika n'y avait pas accès. C'était un exploit personnel qui la distinguait de sa sœur.

Elle accepta la maison au bord des rails sans dégoût, pour le plaisir de pouvoir la décrire dans ses lettres. Imre avait honte en lui montrant, disait qu'il partirait quand sa famille irait mieux. Elle répondait : Mais non, effleurait le nom gravé au tison au-dessus de la porte avec émotion. Le passé ici était tellement fort. À Cologne, elle avait toujours vécu dans un pavillon neuf.

– On ne peut rien sentir dans une maison qui vient d'être construite, disait-elle à Imre.

Il y avait des allées en béton et du crépi de même couleur d'une rue à l'autre. Pour Kerstin, le crépi et le béton étaient la plaie des sociétés modernes, une barrière pour tenir les autres à l'écart, pour ne rencontrer personne. Les maisons identiques semblaient clamer que leurs habitants n'intéressaient personne et ne s'intéressaient à rien. Les planches de bois de la maison Mándy, sous leurs nombreuses couches de peinture, lui plaisaient beaucoup.

À ses parents qui la pressaient de rentrer – au moins le temps de terminer ses études –, Kerstin répondait qu'elle n'y voyait plus de sens. Pourquoi est-ce qu'elle irait enseigner aux enfants de Köln qui avaient déjà tout, savaient déjà tout ? *Il faudrait plutôt qu'ils désapprennent*, disait-elle, *qu'ils échappent à la rigidité du système, alors ils seraient plus proches des autres. Je ne veux pas contribuer à enfermer ces enfants dans des existences prêtes-à-porter.*

– Tu comprends, expliquait-elle à Imre lorsqu'ils étaient tous les deux allongés côte à côte, en Allemagne j'avais toujours peur que ma vie reste petite. Toute petite. Il y a des vies minuscules, on ne se rend pas compte. Ce n'est pas une question de temps, on pourrait tous vivre quatre-vingts ans, ça ne changerait rien. Il y a des vies qui sont immenses, qui ont embrassé toutes les dimensions du monde. Et il y a des vies sèches et linéaires, comme des pailles à cocktail mâchonnées encore et encore. J'avais tellement peur de ça. Tu n'as pas peur de ça ?

Imre la regardait en souriant, passant un index autour de son visage, le long de ses sourcils blonds et fins, dans ses cheveux emmêlés. Il était le spécialiste des vies toutes petites. De celles qui rentrent dans la maison au bord des rails. Il se contentait de hausser les épaules, un bonheur épars et idiot flottant sur son visage. Les convictions de Kerstin l'impressionnaient, elle abattait les mots comme si chacun était un pli gagnant. Lui n'osait pas parler du flou de ses doutes, de la manière dont il avait perdu une partie de ses rêves en 1989 parce que la vie qui devait devenir immense était restée à la taille des anciennes frontières, des rideaux de fer et des billets de banque. Ses mots à lui n'avaient pas assez de consistance. Ils se perdaient avant d'arriver à sortir, coincés quelque part entre les murailles de ses dents.

L'installation de Kerstin dans la maison au bord des rails bouscula chacun de ses habitants, grippa la logique familiale qui semblait avoir toujours voulu que quelqu'un meure avant que n'arrive une nouvelle personne.

Il n'y avait que deux chambres à l'étage, celle des parents et celle des enfants. Le grand-père dormait dans le salon pour ne pas avoir à monter les escaliers. Il fallut réorganiser les lits : Pál laissa la chambre parentale au jeune couple et s'installa avec Ági. Il était trop long pour le lit d'enfant. Ses pieds dépassaient du cadre et l'angle de la planche lui mordait les chevilles. Dans l'ivresse de son amour, Imre ne s'apercevait pas que Kerstin ne trouvait sa place dans la maison qu'au prix d'un inconfort pénible pour les membres de sa famille. Il ne voyait rien. Il était heureux. Elle n'allait pas repartir en Allemagne. Elle le préférait lui, elle le préférait à toute sa vie d'avant. Ils s'installèrent tous les deux dans la chambre des parents. C'était grandir d'un coup, devenir chef de famille.

Pour être à la hauteur de son nouveau statut, Imre commença à travailler dans une boutique de photocopies et d'impression. Après la chute du régime de Kadar, tout le monde éprouvait le besoin de produire et de reproduire des textes. La liberté d'expression était une cour de récréation bruyante et animée. Les clients apportaient des documents qu'ils avaient tenus secrets pendant des décennies et qu'ils voulaient désormais exposer au monde. On photocopiait les preuves de l'absurdité de l'administration communiste autrefois terrifiantes mais qu'on s'échangeait désormais comme des bonnes blagues. Le ronronnement des machines qu'Imre mettait en marche répercutait la cacophonie de tout un pays qui exprimait ses opinions à tort et à travers. Il essayait de ne pas juger ses clients, ce n'était pas à lui de décider ce qui était digne ou non d'être dit. Il relayait des pages et des pages d'informations inutiles, en silence. Il regrettait son travail au Diamond Sex Shop mais n'osait pas en parler. Kerstin aurait été blessée.

Elle ne pouvait pas cautionner une industrie basée sur le trafic de femmes. C'étaient ses mots exacts. Elle assimilait Adam à un proxénète. Elle avait prouvé à Imre qu'il avait été victime de cet homme et de son commerce – *abusé dans sa faiblesse économique*, avait-elle dit. Au fond d'elle, elle se sentait surtout menacée par les femmes nues autour d'Imre par la beauté de leurs corps roses sur les cassettes vidéo. Elle ne l'aurait jamais admis. Elle parlait de principes, de dignité.

Imre s'était rangé à son opinion : elle lui rappelait ses propres doutes au moment du retour d'Ági, elle faisait écho à sa peur d'être du côté des agresseurs. Mais tandis qu'il ramassait les photocopies tièdes dans les bacs des machines, il se surprenait souvent à penser au Diamond avec nostalgie. Curieusement, il s'était senti plus utile à la société là-bas qu'au milieu des photocopieurs qui crachaient des tracts pour cent nouveaux partis.

Kerstin apprenait le hongrois en vue de trouver un emploi. Elle tenait à travailler dans la langue du pays. Elle se levait quand Imre quittait la maison et lisait deux chapitres de sa méthode Assimil chaque matin. Au début, ses progrès furent fulgurants. Elle saluait tous ses interlocuteurs en hongrois : *Jó napot, mi ujság ?* Le grand-père, Pál et Imre répondaient avec un sourire pédagogique : *Jó napot, semmi különös.* Mais passées les premières leçons, la grammaire hongroise commença à lui poser problème. Elle n'arrivait pas à construire ses phrases à l'envers pour répondre à la logique de la langue agglutinante. Imre s'avérait plus doué en allemand et lorsque Kerstin s'efforçait de commencer une conversation en hongrois, ils changeaient très rapidement de langue, incapables de supporter les trous et les lenteurs de la phrase. Le grand-père avait horreur de ces discussions qu'il ne pouvait pas comprendre.

– Je suis chez moi ! criait-il au milieu des repas, je suis chez moi et j'ai le droit de savoir ce qui se dit.

Kerstin lui proposa de lui apprendre quelques mots d'allemand afin qu'il se sente moins perdu.

– Plutôt crever, répondit le grand-père.

Même s'il s'était décidé pour les origines russes de Pál, il continuait à tenir les Allemands pour moitié responsables du viol de Sara. Et aucune excuse officielle n'aurait pu le faire changer d'avis.

Le vieil homme et Kerstin avaient une relation compliquée. Ils restaient souvent seuls pendant la journée. Elle apprenait la langue auprès de lui maintenant que la méthode Assimil s'avérait obscure et ennuyeuse. Ils avaient des conversations hachées, rythmées par l'ouverture du dictionnaire.

Il ressemble à une bûche, écrivit-elle à Monika, *il ne peut presque plus marcher. Imre dit qu'il a un caractère de chien mais je suis persuadée que ce n'est qu'une façade.* Et elle ajouta : *Il se prétend germanophobe mais je crois qu'il m'aime bien.*

Le grand-père n'avait en effet rien de personnel

contre Kerstin. Il aimait son sourire, sa jeunesse, l'énergie qu'elle apportait dans la maison.

– Elle, au moins, elle est normale, répétait-il.

Ági passait en chantonnant, feignant de ne pas comprendre qu'elle était visée. Mais aussi charmante que Kerstin pût être, le grand-père ne voyait aucune bonne raison à sa présence en Hongrie. Il lui répétait plusieurs fois par jour qu'elle devrait partir. Il n'y avait rien pour elle, ici.

Le grand-père avait changé depuis 89. Lui qui avait si souvent affirmé l'existence du « génie hongrois » pendant qu'Imre était enfant parlait désormais de son pays comme d'un pays perdu.

Il avait été cruellement déçu par le premier gouvernement qui avait suivi la chute du régime. Comme beaucoup de Hongrois, il s'était imaginé que la sortie du communisme signifierait la liberté, l'abondance et la joie. Il avait conservé pendant cinquante ans l'espoir que le changement amènerait la justice, c'est-à-dire pour le grand-père la condamnation en cour martiale de tous les soldats de l'Armée rouge et le dédommagement de leurs victimes. Dans un premier temps, il entendit qu'on distribuait des bons pour l'achat de terres aux paysans qui avaient été lésés. Il pensa que le procédé s'étendrait à tous ceux que le communisme avait pillés sans remords. Mais quand il se présenta aux autorités pour réclamer des coupons au nom des souffrances de sa famille et en reconnaissance de ses efforts – il avait tout de même élevé avec dignité un petit Russe qui vivait d'ailleurs toujours dans sa maison –, on laissa sa plainte sans suite. Il avait pourtant apporté des photos de Pál qui montraient tout l'exotisme de ses pommettes.

Le grand-père connut ainsi sa première grave déception patriotique. Il avait toujours pensé que seules les invasions successives avaient empêché la Hongrie de devenir le pays édénique dont il rêvait. Sans les Turcs, sans les Autrichiens, sans les Allemands, sans les Russes, le génie national s'épanouirait enfin, pensait-il. Les ratés du gouvernement Antall le plongèrent dans une amertume dangereuse. Il développait des ulcères à répétition.

Kerstin aimait discuter de politique avec le grand-père. Elle le trouvait authentique, prisait la sagesse que seuls les vieux peuvent avoir.

– Chez moi, on cache les personnes âgées, disait-elle en pensant aux maisons de retraite où ses quatre grands-parents avaient successivement fini par être envoyés – papiers peints au motif de lavande, carrelage pastel autour des lavabos et à l'extérieur encore le même crépi.

Ils écoutaient la radio ensemble et elle lui demandait de répéter lentement, de commenter les discours politiques. Elle voulait comprendre comment fonctionnait le pays, quels étaient les espoirs et les revendications des Hongrois.

Les scandales qui avaient agité le gouvernement Antall au début de son mandat la bouleversaient. En tant qu'Allemande, elle ne comprenait pas qu'un pays ayant connu un régime nazi puisse, à la suite de ses premières élections libres, renouer avec des thèmes comme celui du complot juif international ou lancer un débat sur le sens de la magyarité. Quand Kerstin s'échauffait trop à son goût, le grand-père se contentait de lui opposer une résignation renfrognée. Une fois seulement, il entra dans une colère noire. Kerstin commentait l'antisémitisme du gouvernement et affirmait avec mépris que le pays n'avait pas été dénazifié convenablement après la Seconde Guerre mondiale : maintenant tout avait pourri sur pied. Ils auraient dû passer en jugement il y a cinquante ans. Ça leur aurait appris.

– Le pays n'a pas été dénazifié parce que les nazis n'étaient pas hongrois ! hurla le grand-père tout à coup, terrifiant Kerstin. Ils étaient allemands !

– Vous avez collaboré, dit Kerstin d'un ton boudeur en dessinant dans l'air l'ancien insigne des Croix fléchées.

Elle n'osait pas prononcer le nom du parti de peur que le vieil homme hurle à nouveau. Son oreille lui faisait mal.

– Qu'est-ce que tu en sais, toi ? postillonna le grand-père. Tu y étais ? Tu as vu quelque chose ? Non. Tu n'as rien vu. Tu n'as rien vu du tout !

– On n'a pas besoin de voir pour savoir, répondit Kerstin.

Le grand-père était rouge et violet.

– Tu n'as aucun droit, hurla-t-il, aucun droit de me

donner des leçons sur la guerre ! Petite conne prétentieuse !

L'insulte blessa profondément Kerstin. Elle n'avait pas l'habitude qu'on la contredise, ni qu'on l'injurie. Elle n'avait jamais fréquenté que des gens de son avis. En Allemagne, avec sa sœur et ses amies, elle avait suivi les Black Blocks lors d'actions antinucléaires et elle s'était engagée contre la guerre du Golfe. Elle s'était toujours sentie sûre d'elle, sûre d'être du bon côté, sûre d'avoir raison. Et maintenant, un vieil homme rongé par les ulcères se permettait de l'insulter en postillonnant, de souligner à quel point son avis était déplacé, inadéquat. Elle était d'autant plus atteinte par ses propos qu'elle soupçonnait qu'il avait raison. Il y avait quelque chose dans la passivité de ce pays qu'elle ne pouvait pas intégrer, pas accepter, et qu'elle jugeait depuis sa position allemande, comme elle l'avait écrit à Monika. La vie réelle lui résistait.

Imre lui expliquait que son indignation était inutile : la Hongrie ne changerait pas une nouvelle fois de régime. La démocratie suffisait aux gens, même si elle était sale. Ils avaient attendu son arrivée trop longtemps pour avoir encore le courage ou l'opiniâtreté de l'attaquer.

– Mais tout est à créer, désespérait Kerstin, pourquoi se contenter d'aussi peu ?

Imre ne pouvait pas répondre. Elle ne comprenait pas. Elle ne savait pas ce qu'était la fatigue. Elle n'avait jamais rien attendu. Parfois, il avait l'impression d'avoir vingt ans de plus qu'elle.

– Ceux qui ne sont pas satisfaits émigrent, disait le grand-père. C'est bien. C'est mieux. Avant ils se pendaient. C'était l'émigration à la hongroise.

Ça le faisait rire. Pas Kerstin. Elle ne comprenait pas l'humour local.

Imre avait toujours pensé que la politique était un autre monde, qu'elle n'entrait pas dans les maisons, surtout pas dans la leur – cet îlot qui n'intéressait personne. Il laissait les ministres légiférer dans leur coin et en un juste retour les ministres ne l'empêchaient pas de vivre sa vie. C'était sa manière de concevoir la politique. Kerstin avait beau essayer de lui prouver que les décisions du gouvernement affectaient d'une manière ou d'une autre son existence, il se contentait de hausser les épaules. Il voyait bien quelques répercussions : les rues et les places que les communistes avaient toutes baptisées « Liberté » à la fin des années 40 changeaient de nom les unes après les autres. À présent, les saints, les écrivains et les mathématiciens réapparaissaient sur les petites plaques. Pour le reste, le Parlement au bord du Danube aurait pu être vide. Ça n'aurait pas fait de grande différence, se disait Imre en terminant son paquet de cigarettes avec sa sœur et son père dans le jardin. Il avait conservé cette habitude même s'il ne travaillait plus le soir. Il ne s'endormait pas avant d'avoir passé une heure dehors à fumer en silence au milieu des ronds de fumée d'Ági et des soupirs de Pál.

Quand elle les regardait s'asseoir sur le banc du jardin triangulaire, révélant les similitudes de leur silhouette dégingandée, Kerstin sentait sa gorge se serrer. Elle aurait voulu voir sa famille. Monika, surtout, lui manquait. Imre l'encourageait à retourner en Allemagne, lui offrait de l'argent pour le billet de train. Mais elle refusait toujours. Secrètement, elle avait peur que le confort de la maison de Köln ne la retienne là-bas. Elle ne savait pas si elle serait capable de faire le choix de la vraie vie une fois qu'elle aurait retrouvé son existence d'avant, les traces toutes prêtes à être suivies et la vie minuscule qu'elle méprisait mais qui était tellement plus simple. À la pensée qu'elle pourrait sacrifier Imre et la Hongrie – qu'elle associait toujours inconsciemment – à la douceur d'un canapé, à la facilité de la langue, à l'étreinte de ses parents, elle se trouvait horrible et fausse. Elle restait à Budapest et se punissait en n'invitant personne.

– Tu devrais dire à Monika de venir, insistait Imre.

Il avait très envie de faire sa connaissance. L'idée que sa chute lui avait permis de rencontrer Kerstin sur la pelouse de l'île Marguerite la lui rendait sympathique, comme si elle lui avait cédé sa place.

Imre imaginait confusément une deuxième Kerstin, montant en amazone un cheval blanc, avec une jambe dans le plâtre. Il avait une fascination pour les personnes avec une jambe cassée. C'était une attirance ancienne. À cause de son grand-père et de sa jambe raide. À cause aussi du trajet qu'il fallait faire le long des rails pour gagner la petite maison et qui était si dangereux pour les chevilles. Imre avait grandi au milieu des boiteries diverses, des entorses, des sautillements. Il les aimait comme des choses familières. Il trouvait le bruit des démarches boiteuses plus accrocheur pour l'oreille. Le claquement retient l'attention. Il raconte une histoire. En grandissant, il avait développé un amour tout particulier pour les démarches maladroites des femmes avec des chaussures à talons. Quand il entendait le bruit de leurs pas dans la rue, un sourire lui montait aux lèvres.

« Cabriole et mourir comme un cheval sauvage »

Lorsque Imre vit Monika descendre du train, à contre-jour, il pensa d'abord qu'il s'agissait d'un homme. Tout dans son corps déniait sa féminité, à l'exception d'une longue chevelure noire et brillante. Elle était grande et l'impression de sa haute taille était renforcée par l'inhabituelle longueur de son torse. Ses épaules étaient presque aussi larges que celles d'Imre, ses hanches étroites comme celles de sa sœur. Imre se souvint de son accident de cheval et se demanda comment l'animal avait pu désarçonner sa cavalière. Monika avait l'air suffisamment forte pour maîtriser un cheval emballé.

Pour compenser sa silhouette masculine, elle affichait une féminité clinquante dans ses choix vestimentaires. Elle portait des bijoux brillants autour du cou, des poignets, aux oreilles. Sa ceinture était dorée. Ses ongles peints en rouge. Ses sourcils épilés jusqu'à former un demi-cercle au-dessus de ses yeux.

Lorsqu'elle commença à lui parler, Imre se rendit compte qu'elle avait exactement la même voix que sa sœur. Quand il ne la regardait pas, il pouvait avoir l'impression que c'était Kerstin qui se trouvait à ses côtés. Mais dès qu'il tournait la tête, il voyait cette grande femme à la crinière noire dont chaque partie du corps envoyait les reflets agressifs d'une marée de strass.

Après avoir déposé les bagages de Monika à l'hôtel, ils rejoignirent Kerstin au carrefour d'Oktogon. Elle ne voulait pas que Monika voie la maison, même de loin. La venue de sa sœur la rendait nerveuse. Elle détestait subitement Budapest, trouvait tout stupide, mal organisé. La maison la mettait particulièrement en fureur. Imre pensait qu'elle avait honte de la pauvreté de leur cadre de vie. Il se trompait. Si Kerstin avait honte, c'était parce que, protégée par mille kilomètres de distance, elle s'était laissée aller à des descriptions exagérées. Elle avait fait de Budapest un endroit d'aventure où chacun de ses pas devenait un geste de bravoure. Elle avait transformé la ville en une jungle dans laquelle Monika, elle, se serait instantanément perdue. La maison, elle l'avait décrite sans eau ni électricité, à peine une cabane. Dans ses lettres, elle avait fait de sa décision de rester un geste politique et amoureux sans concession.

À présent, Monika regardait autour d'elle avec un léger sourire, elle ne se sentait nullement menacée. Vivre ici semblait tellement *facile*. Kerstin avait du mal à supporter le poids du regard amusé sous le mascara noir. Elle voulait qu'on reconnaisse qu'elle avait grandi. Elle voulait être impressionnante. Mais elle ne pouvait se défaire du sentiment que ça ne marchait pas, rien ne marchait en présence de sa sœur aînée.

Ils allèrent tous les trois dîner au Menza sur la place Liszt. Imre avait choisi cet endroit parce qu'il le trouvait accordé aux standards de qualité des Européens de l'Ouest et Kerstin lui en voulut.

– C'est joli, dit Monika avec une moue dubitative en regardant depuis la rue les grandes baies vitrées, les lampes puissantes et les tables design.

– On n'y va jamais d'habitude, répondit Kerstin.

Elle aurait voulu dire : Ils l'ont construit hier, je ne savais pas. Mais elle poussa la porte en silence, l'air renfrogné.

Les clients et les serveurs du Menza se retournèrent sur le passage de Monika. Elle avait revêtu pour aller dîner un jean blanc et un haut lamé argenté qui se nouait autour du cou par deux minces cordons et révélait son dos puissant. Elle avait une très belle peau, souple et dorée, incroyablement lisse. Dans son accoutrement voyant, elle avait la majesté dérangeante d'un travesti. Tout le restaurant la dévisageait mais Monika n'était pas gênée par les regards. Au contraire, elle cherchait à les attirer en parlant très fort et en adoptant des postures provocantes.

Parler fort lui posait d'autant moins problème qu'elle était persuadée que personne autour d'elle ne comprenait l'allemand. Imre trouvait ça insultant pour ses compatriotes et pour lui-même : il était avec Kerstin depuis bientôt trois ans et il avait intégré de très bons rudiments de la langue. Il fit quelques essais timides pour intervenir dans la conversation, en espérant que Monika l'entende. Mais chacune de ses tentatives provoquait une crispation nerveuse chez Kerstin. Elle n'avait pas non plus avoué à sa sœur qu'Imre parlait allemand, laissant entendre dans ses lettres qu'elle ne s'exprimait qu'en hongrois avec ses proches. Anxieux de l'irriter davantage, Imre s'enferma dans un mutisme profond.

Monika, s'imaginant avoir avec sa sœur une conversation incomprise et secrète, parla des problèmes gynécologiques posés par la pratique trop régulière de l'équitation. Une des adolescentes à qui elle enseignait, au centre, venait d'arrêter les cours à cause de saignements répétés. Imre regardait les composants de sa soupe de légumes flotter dans son petit bol. Chaque nouvelle phrase lui coupait l'appétit.

Au moment du plat principal, Monika échauffée par plusieurs verres de vin rouge demanda à Kerstin :

– Tu as un amant ?

Et Imre sut qu'il ne toucherait pas non plus à son ragoût de bœuf.

– Non ! dit Kerstin en lançant à Imre un regard désolé.

– Pourquoi non ? dit Monika en haussant ses larges épaules, ce sont les années 90. On a bien le droit de s'amuser.

Kerstin était très rouge. Imre regardait autour de lui et tâchait de s'excuser du regard auprès des tables voisines qui bénéficiaient à présent du récit de la vie sexuelle de Monika, exemple de l'esprit des années 90 et d'un hédonisme à capotes. Kerstin hochait la tête en serrant convulsivement son verre de vin. Ses bagues tintaient sur le pied du verre. Elle en avait beaucoup. Imre n'avait jamais remarqué ce détail auparavant. Il constituait un autre point commun entre Kerstin et Monika et Imre n'était pas sûr d'aimer les bagues.

En bas, au rez-de-chaussée du restaurant, une table d'hommes attira son attention. Ils étaient cinq, assis là, à fumer cigarette sur cigarette et à boire du vin rouge. L'homme en bout de table portait un costume noir élégant sur une chemise froissée. Il avait ôté ses chaussures et allongé ses jambes. Les serveurs devaient l'enjamber. Il paraissait à peine s'en apercevoir. Puis il leva les yeux vers l'étage où se trouvait Imre et, tout à coup, celui-ci s'aperçut que cet homme était Zsolt.

Imre savait ce que devenait son ami d'enfance. Tout le pays était au courant. Zsolt était depuis deux ans une gloire nationale dans le monde de la littérature. Il écrivait de la poésie. Dans un pays où la langue était révérée – détentrice d'une identité nationale difficilement définie par ailleurs –, être poète était encore une situation admirée et reconnue. Les lecteurs adulaient Zsolt.

À cause de la conversation hippique de Monika, Imre pensa à un vers de Zsolt qu'on citait beaucoup : *Cabriole et mourir comme un cheval sauvage*. On disait qu'il représentait l'esprit de la nation hongroise. On admirait la licence poétique qui se permettait cet accroc à la syntaxe. Dans les écoles primaires, les enfants l'apprenaient et dessinaient des chevaux pour l'illustrer. Ensuite, au lycée, on leur révélait les sens cachés du poème : la lecture politique, la lecture érotique… Le vers voulait tout dire.

Imre soutint quelques secondes le regard absent de Zsolt qui ne le remarquait pas, puis les yeux clairs de son ami retrouvèrent leur netteté d'un bleu tranchant, et un lent sourire se dessina sur son visage. Imre sourit aussi, se rappelant toutes les occasions où il avait vu Zsolt adopter cette même manière ostentatoire de s'ennuyer, cette même nonchalance. Sur un signe de son ami, il quitta sa table en s'excusant à peine auprès des femmes. Il n'avait pas envie qu'elles s'interrompent pour le retenir.

Comme il descendait les escaliers, il ralentit le pas, soudain gêné à l'idée de se joindre au groupe. Il pouvait dire, au premier regard, que les hommes avec qui buvait Zsolt étaient des universitaires ou des écrivains. Ce n'était pas une compagnie pour lui. Là, à cette table, les hommes riaient de plaisanteries que le commun des mortels ne pouvait pas comprendre. Ils échangeaient des noms de philosophes comme s'il se fût agi de vieux amis. Ils donnaient des titres de livres dans des abréviations incompréhensibles. Imre avait peur d'eux comme il avait peur dans son enfance que les amies d'université d'Ági le prennent pour un bébé. Mais il devait traverser la muraille de leur érudition et de leur mépris pour retrouver son ami.

Il retint sa respiration et dit « Bonsoir » comme on plonge dans une eau froide.

Zsolt lui serra la main sans pour autant perdre le fil de la conversation. Les autres lui lancèrent un regard poli. Ils parlaient justement du fameux vers sur le cheval sauvage. Un critique venait de publier un article dans lequel il accusait Zsolt de s'être contenté de plagier un poème médiéval hongrois tombé dans l'oubli. Il citait une strophe comme preuve :

La plaine est là, sans fin sous les pieds du cheval
Qui n'ont jamais connu de fer,
Son flanc brun est vingt fois ouvert,
Sans trembler de mourir il rue contre le mal.

Selon lui, le vers de Zsolt convoquait des images banales pour la poésie orale ancienne, marquée par les traditions hippiques de la Hongrie. Et il avait fallu la disparition des familles de csikos – les gardiens de chevaux – et la malhonnêteté du jeune poète pour que ce vers resurgisse comme une création étrange et originale.

Les hommes à la table buvaient leur vin rouge à grandes gorgées et se récriaient devant tant de mesquinerie. Ils s'accordaient à dire que c'était un autre écrivain, jaloux du succès du dernier recueil de Zsolt, qui avait poussé le critique à publier cet article. C'était probablement lui aussi qui avait écrit le faux poème médiéval que le critique citait avec autorité mais que jamais personne n'avait lu auparavant. Chacun murmurait qu'il ne donnerait pas de nom mais ils échangeaient des regards et des clins d'œil qui prouvaient qu'ils savaient tous qui était l'écrivain indigne.

Sauf Imre, bien sûr, Imre ne comprenait rien à la conversation. Il essayait de rire aux bons moments. Le raffinement de ces hommes était délicieux comparé aux obscénités de Monika.

Il aurait voulu que Zsolt lui parle cependant. Imre s'étonnait qu'il ne lui demande pas de nouvelles. Mais Zsolt semblait n'avoir d'oreilles que pour les hommes en veste noire qui s'efforçaient de lui ressembler.

– Ce qui les emmerde, disait l'un d'eux, c'est que Zsolti (en utilisant le diminutif, il eut un regard inquiet vers le poète pour voir s'il pouvait se permettre cette familiarité), c'est que Zsolti vient d'un milieu modeste. Et maintenant que le communisme est terminé, ils ne veulent plus de textes écrits par des enfants pauvres. Ils en ont trop bouffé.

Imre se rappela les histoires de petits communistes morts de froid qui avaient hanté son enfance. Il ne pensait pas que ce que Zsolt écrivait puisse avoir le moindre point commun avec ces livres. Mais il ne pouvait pas en être sûr : il n'avait jamais lu la poésie de Zsolt. Il avait pourtant acheté son premier recueil avec enthousiasme. Il s'était même vaguement demandé s'il n'allait pas être dedans. *Poème à mon ami Imre.* Il riait de plaisir en prenant le livre que lui tendait la libraire, enveloppé dans un sac jaune. Il imaginait déjà. Mais lorsqu'il avait sorti l'ouvrage pour commencer la lecture, son sentiment d'euphorie avait disparu rapidement. La photo sur la quatrième de couverture le déroutait. Zsolt avait l'air dur et sévère d'un instructeur de l'armée. Il semblait prévenir Imre à l'avance que c'était sans espoir : il ne comprendrait rien à ce qu'il lirait. Il n'avait pas le niveau. Qu'est-ce qu'il croyait ? On ne lit pas de la poésie contemporaine quand on habite la maison au bord des rails.

– Vas-y si tu ne me crois pas, semblait dire la tête de Zsolt au dos du livre, ouvre-le, lis une phrase. On verra si je n'ai pas raison, pauvre merde.

Imre n'avait pas supporté le défi du regard sur papier glacé. À ce moment-là déjà, Zsolt et lui ne s'écrivaient plus. Les lettres s'étaient espacées puis avaient disparu, les souvenirs menaçaient de faire pareil. La photo sur la couverture était celle d'un homme qui n'avait pas connu Imre, un homme sans enfance, sans faiblesse. Il avait laissé le livre sur une étagère.

– Comment va ta sœur ? demanda soudain Zsolt.

Il n'avait pas tourné la tête. Il semblait toujours pris par la conversation autour de la table mais il s'adressait désormais à Imre.

– Comment va Ági ? répéta-t-il pour que les choses soient claires.

– Bien, dit Imre, elle va bien.

C'était une réponse stupide. Ági n'allait évidemment pas bien. Mais la question l'avait surpris. Il était blessé que Zsolt demande des nouvelles d'Ági mais pas des siennes. Ça ne lui semblait pas juste. Ági n'avait rien connu, rien traversé avec eux.

– Bien, dit Zsolt.

– Pas si bien, corrigea Imre.

Zsolt alluma une nouvelle cigarette. Un des hommes se leva pour aller commander à boire.

– Elle traduit toujours ? souffla Zsolt en même temps que la fumée.

– Non, dit Imre, elle travaille pour une compagnie de télécommunication.

Zsolt aspira une nouvelle bouffée en levant les sourcils.

– C'est dommage, dit-il, j'aurais pu avoir du travail pour elle.

Il se tourna enfin jusqu'à faire face à Imre. Il le regarda avec curiosité.

– Tu as encore l'air d'un bébé, dit-il, quel âge tu as maintenant ?

– Bientôt vingt-quatre, répondit Imre.

Il sentit qu'il prenait un air sérieux, fronçait un peu les sourcils, mordait sa joue pour paraître plus vieux. L'homme revint à la table avec les verres. Il tacha la nappe en les posant. Il y avait du vin rouge partout.

- À Zsolt ! proposa-t-il une fois qu'il eut distribué tous les verres.

Il en avait même apporté un pour Imre. Celui-ci le leva avec plaisir et se joignit au toast.

Il avait oublié la raison de sa présence au Menza quand Monika arriva derrière lui et lui tapa sur l'épaule. Elle demanda en anglais à quoi ils buvaient tous.

Zsolt et sa cour levèrent les yeux avec étonnement sur son grand corps à peine couvert de lamé, sur ses ongles peints et sur sa peau parfaite. Imre voulut faire les présentations mais Monika s'en chargeait déjà toute seule, tendant une main ferme à chacun des hommes assis et répétant son prénom. Monika Monika Monika Monika Monika. À chaque nouvelle répétition du nom, Imre le trouvait plus vulgaire et plus faux. Il avait peur que la table s'imagine qu'elle était une prostituée.

Zsolt lui proposa de se joindre à eux. Il lui tendit son verre qu'elle renifla avec dédain puis refusa.

– Encore du vin ! soupira-t-elle, ne me dites pas que c'est ce que vous pouvez faire de mieux.

Zsolt eut l'air offensé. Par mimétisme, les quatre autres aussi.

– Allez, décida Monika, on va boire ailleurs. Ici c'est un endroit à papa.

Son ton était sans appel malgré l'immensité de son sourire. Imre remarqua que ses dents brillaient presque autant dans la lumière que l'argent de son T-shirt.

– Mais..., essaya de protester Zsolt.

Monika secouait déjà la chaise de l'homme le plus proche en répétant :

– Let's go, just let's go.

Tout le monde semblait un peu surpris. Personne ne voulut s'opposer à cette grande femme étincelante qui s'était dressée devant eux. Un par un, les hommes se levèrent et quittèrent le restaurant.

Dehors la nuit était tombée, il faisait froid. Kerstin les rejoignit à la porte.

– Tu nous suis ? demanda Monika, on va boire pour de vrai.

– Je rentre, dit sèchement Kerstin.

Elle fusillait Imre du regard comme s'il avait fait quelque chose de mal et que le tour que prenait la soirée était sa faute.

– Je rentre avec toi, dit Imre.

– Certainement pas, le contredit Monika, vous restez avec moi pour ne pas que je me perde.

Kerstin gardait les yeux baissés. Elle était au bord de la crise de nerfs. Elle dit entre ses dents :

– Elle a raison, Imre. Tu ne peux pas la laisser toute seule.

Et elle partit sans saluer personne. La soirée avait été insupportable. Monika avait accaparé toute l'attention, Monika se donnait encore le droit de décider ce qui était *vrai* et ce qui ne l'était pas et Monika pensait probablement que Kerstin était une menteuse qui vivait à Budapest exactement comme elle aurait pu vivre à Cologne. Elle ne lui avait même pas posé une question sur sa vie, n'avait montré aucun désir de mieux connaître Imre. Elle n'avait parlé que d'elle.

Kerstin se mit à pleurer dès qu'elle fut assez loin du groupe pour que personne ne le remarque.

Imre la regarda disparaître dans le noir. Il aurait peut-être dû courir après elle. Il partait toujours du principe que Kerstin savait ce qu'elle faisait mieux que lui, mieux que tout le monde. Il n'insistait jamais, croyait le premier mot. Mais ce soir-là, elle avait l'air fragile – la présence de Monika semblait l'avoir fait rétrécir. Il hésita encore un instant à s'élancer après elle, et puis ce fut trop tard. Ça n'avait plus de sens de partir.

– Qu'est-ce que vous voulez faire ? demanda Zsolt poliment, une fois qu'il eut repris ses esprits.

Les hommes en veste noire autour de lui avaient l'air éberlué. Monika les impressionnait beaucoup. Le vent s'était levé pendant le dîner et maintenant qu'ils se trouvaient tous dehors sans avoir eu le temps de passer leur manteau, ils frissonnaient.

– Boire, dit Monika que le froid semblait ne pas atteindre.

– C'est quelque chose que nous aurions pu faire ici aussi, répliqua Zsolt en regardant avec envie l'intérieur du Menza.

– Boire sérieusement, dit Monika, Vous êtes des hommes ou pas ?

Il y eut un moment d'hésitation. Finalement, ils répondirent oui.

– Alors, emmenez-moi quelque part où ça boit pour de vrai.

Les hommes en veste noire ne connaissaient aucun endroit de la sorte. Zsolt et Imre avaient dans leur adolescence pris quelques cuites dans des bars mais les endroits de leur jeunesse avaient massivement fermé à la chute du régime communiste. Les souvenirs assaillirent à nouveau Imre, une succession d'images de bars tenus par des vieilles femmes qui refusaient de leur servir des alcools forts, les efforts de Zsolt pour les amadouer, le parc Erzsébet au bord du fleuve où il s'était endormi dans un parterre, pendant que Zsolt prétendait avoir regardé le lever de soleil sans fermer un instant les paupières.

– Sur la rue Király, derrière l'église ? proposa quelqu'un.

Imre était partant pour emmener Monika dans n'importe quel *söröző* de quartier où elle trouverait une machine à sous clignotant dans un coin et quelques vieux habitués qui boiraient avec elle. Zsolt pensait qu'il fallait trouver un lieu plus agréable pour une jeune femme.

Ils n'eurent ni l'un ni l'autre gain de cause car en empruntant un passage souterrain sous le grand boulevard, Monika aperçut un bar minuscule. Plus exactement, une simple porte blanche surmontée d'un écriteau et du dessin d'une chope. Elle jeta son dévolu sur cet endroit.

– C'est une boîte à chaussures, dit Zsolt.

– Est-ce que tous les poètes sont cons comme ça ? demanda très fort Monika au reste de l'assemblée.

Personne ne répondit. Imre, Zsolt et les hommes en veste noire entraient à peine dans le minuscule bar du métro. Il y avait un autre client au fond de la pièce qui fumait des Sopianae à l'épaisse fumée brune. Le barman était assis avec lui à une petite table en aluminium. Il se leva avec regret pour reprendre son poste. Monika commanda une bouteille d'Unikum.

– Ça, c'est de l'alcool.

Dans ce genre d'assertions, Imre reconnaissait Kerstin. Il se demandait ce qu'avaient les Allemandes avec leur quête de la *vraie* vie, du *vrai* alcool, des *vraies* histoires. Était-ce parce qu'elles avaient toujours vécu à l'Ouest que l'autre côté du rideau de fer, figé par les régimes communistes, leur paraissait avoir été préservé – comme dans la glace ou dans l'ambre – du pourrissement des civilisations ? En tout cas, qu'il s'agisse de Kerstin ou de Monika, elles semblaient avoir développé un goût pour les endroits que les Hongrois évitaient avec mépris, pour ce qu'ils essayaient d'oublier. Elles plongeaient leurs doigts dans la poussière.

Dans un angle du minuscule *söröző*, une télévision carrée passait un feuilleton avec des tanks et des jeunes filles vêtues de feuilles de bananier.

– Dis-moi comment tu vas, dit Zsolt à Imre en s'adossant au bar.

– Ça va, répondit Imre en s'installant à côté de lui, dans la même position.

Il s'en voulut de ne pas faire de réponses plus intéressantes maintenant que Zsolt lui manifestait un peu d'attention.

– Ma mère est morte, dit-il à brûle-pourpoint.

Ça lui avait paru être l'information la plus intéressante de ces dernières années.

– Condoléances, dit Zsolt.

– Il y a longtemps, ajouta Imre, quand tu es parti à Debrecen. Je voulais te le dire quand tu reviendrais. Tu n'es jamais revenu.

La phrase sonna d'une manière extrêmement sentimentale. Zsolt eut l'air gêné.

– Ton père, ça va ?

Imre haussa les épaules. Il n'était pas sûr de pouvoir répondre à cette question. Pál n'avait jamais l'air d'aller bien. Mais aller raisonnablement mal était probablement sa manière personnelle d'aller bien.

Séparée d'eux par le groupe soudé des admirateurs de Zsolt, Monika tentait d'attirer leur attention pour leur faire passer des verres d'Unikum. Ils ne la virent pas.

– Ton grand-père ?

– Il vit toujours.

– Quelle vieille carne.

Imre se mit à rire. Zsolt n'avait jamais apprécié le vieil homme. La mort du sergent-général Janos – qui avait perdu sa tête sous la chaussure du grand-père – avait été entre eux un sujet de discorde durable.

Monika agitait les bras dans leur direction avec plus d'ardeur. La radio du bar passait une chanson d'Akos trop fort pour qu'on puisse entendre ses appels.

– Ton père à toi ? demanda Imre.

– Est devenu un vieux con, compléta Zsolt, mais ce n'est pas vraiment une surprise.

Ils se perdaient dans leurs souvenirs en regardant droit devant eux. Ils ne voyaient plus le petit bar poisseux sur lequel ils avaient posé leurs coudes. C'était le même chemin qui s'ouvrait sous leurs yeux et remontait jusqu'à leur enfance, à la petite maison, aux rives du Danube.

Imre eut pour la première fois l'impression d'être vieux et fatigué. Il aurait voulu dire à Zsolt qu'il lui avait manqué. Mais c'était peut-être trop à nouveau, un débordement.

– Pourquoi vous ne m'écoutez pas ? hurla soudain Monika près de son oreille.

Elle s'était finalement décidée à marcher jusqu'à eux, une verre dans chaque main. Zsolt et Imre sursautèrent.

– Pourquoi vous ne vous intéressez pas à moi ?

Elle posa les verres devant eux sur le bar et comme ils ne la remerciaient pas, regardaient sans trop comprendre, elle s'énerva tout à fait :

– Alors, il y a une femme avec vous et vous ne pouvez même pas vous en occuper ! Pourquoi je ne vous plais pas, hein ? Pourquoi vous préférez rester tous les deux ? Vous êtes pédés ou quoi ?

Imre se contenta de rentrer la tête dans les épaules en espérant qu'elle se taise mais Zsolt prit mal le fait de se faire attaquer de cette manière en public et demanda sèchement à Monika d'arrêter ses vulgarités. Dans une Hongrie majoritairement homophobe, même un intellectuel de gauche comme Zsolt considérait qu'être traité de « pédé » était une insulte irréparable. Il avait blêmi d'un coup.

– Je suis vulgaire si je veux, répondit Monika sans se démonter.

– Arrêtez, répéta Zsolt, qui s'efforçait tant bien que mal de rester poli.

Ses narines se gonflaient et il tournait lentement au rouge. Son calme apparent se fissurait. Mais Monika ne semblait pas s'en apercevoir. Elle continua sur sa lancée :

– Et je préfère être vulgaire que pédé.

Imre accentua encore sa position de tortue. Il n'avait pas envie d'entendre la suite. Alors que Monika restait plantée devant eux, sûre de son bon droit et l'œil flamboyant, Zsolt se mit à crier :

– Je couche avec des femmes ! Je couche avec des femmes !

Pour toute réponse, Monika entreprit de crier la même chose dans une piètre imitation de son interlocuteur. Qu'elle ait la voix de Kerstin dérangeait franchement Imre à cet instant de la soirée.

– Je couche avec des femmes, je couche avec des femmes ! s'égosillait-elle. Ça ne prouve rien de crier ! Ça ne veut rien dire !

Zsolt continuait à protester autant qu'il pouvait. Malgré la faiblesse de son anglais, il variait son vocabulaire, cherchait des synonymes pour décrire son activité sexuelle. Mais Monika se contentait de répéter chacune de ses phrases et son comportement semblait rendre Zsolt complètement fou. Ils criaient désormais suffisamment fort pour couvrir la chanson d'Akos. Tout le monde dans le bar minable les regardait. Les admirateurs de Zsolt, stupéfaits, ne savaient que penser du comportement puéril de leur idole. Sur l'écran de télé qui n'intéressait plus personne, les filles aux tenues végétales prenaient d'assaut les tanks à l'aide de lianes couvertes de fleurs. Les feuilles de bananier qui couvraient leurs parties intimes restaient impeccablement en place même au cœur du combat.

– Je couche avec des tas de femmes ! hurlait Zsolt.

– Et où est-ce qu'elles sont ? demandait Monika, hilare, en balayant du regard le bar empli uniquement d'hommes. C'est leur soir de congé ?

– Elles sont partout, répondit Zsolt, on peut sortir et les trouver. On peut aller sonner chez elles.

L'idée devait lui paraître bonne car il eut soudain un grand sourire.

– C'est ça, répéta-t-il, on va aller sonner chez elles.

Monika éclata de rire. Elle appréciait la situation, la

dispute avec Zsolt et le fait d'avoir réussi à provoquer une discussion qui ne tournait qu'autour du sexe. Imre soupira avec lassitude. Il posa la main sur l'épaule de son ami en espérant le calmer. Le contact fit sursauter Zsolt. Il se retourna. Pendant quelques secondes, il parut ne pas reconnaître Imre puis son sourire s'agrandit.

– Encore mieux, triompha-t-il, on va aller chez toi.

– Pourquoi chez moi ? demanda Imre.

– Pourquoi chez lui ? demanda Monika, qui n'aimait pas voir que la conversation lui échappait.

Zsolt jubilait. Avec ses cheveux en bataille et ses joues encore rouges de colère, il avait l'air d'un gamin en plein caprice.

– On va demander à Ági, dit-il.

– Pardon ? demanda Imre.

– J'ai couché avec sa sœur, expliqua Zsolt à Monika.

Il reprit son manteau sur le bar, prêt à partir sur-le-champ pour la maison au bord des rails où il pourrait recueillir le témoignage d'Agnès. Monika le regardait avec perplexité.

Imre n'entendait plus rien, les sons avaient disparu. Il avait un goût de charbon dans la bouche. Il ferma le poing jusqu'à sentir ses ongles entrer dans sa paume. Il avait toujours su que Zsolt méritait plus de coups qu'il n'en avait reçu le soir du combat de chats. Il avait envie de lui faire très mal.

– Tu viens avec nous, bien sûr ? demanda Zsolt en se retournant vers lui.

Et Imre lui asséna le plus bel uppercut qu'il ait jamais donné. Même László Papp aurait envié un coup pareil. Zsolt manqua s'écrouler au sol mais le bar était trop plein pour qu'il trouve l'espace nécessaire. Il tomba sur Monika qui le rattrapa sans même chanceler.

– Merde, dit Imre.

Il s'était cassé le doigt.

L'amour libre

– Ce n'est pas grave, dit Ági gentiment.

– Je suis amoureux de toi.

– Ce n'est pas grave.

Zsolt se tenait sur le pas de la porte. Il avait l'air très malheureux. Il regardait Ági avec des yeux brûlants et elle ne savait pas comment réagir.

– Je vais faire du thé, dit-elle en se dirigeant vers la petite cuisinière.

Zsolt resta quelques secondes à l'entrée, immobile. Puis, alors qu'Ági allumait le gaz dans un craquement d'allumette, il marcha d'un pas résolu vers elle et l'enlaça. Il était légèrement plus petit qu'elle et plaquait son visage contre son dos. Il pouvait sentir, à travers la blouse très fine, l'attache du soutien-gorge contre sa joue. Il aurait pu le mordre, le dégrafer avec ses dents.

Ági se mit à rire. Arrête. Elle savait qu'elle aurait dû faire preuve de plus de fermeté mais le garçon la chatouillait de sa barbe naissante. Et puis il était inoffensif. Il avait presque l'âge d'Imre. C'était un gamin.

– Arrête, Zsolt.

Elle riait plus fort. Mais il ne la lâchait pas. Ses deux bras la serraient plus fort, comprimaient son ventre, juste en dessous des seins.

– Je suis amoureux de toi.

Il la serrait si fort qu'elle avait du mal à conserver son équilibre. Elle se brûla le dos de la main à la flamme de la cuisinière en posant la bouilloire et jura :

– *Anyád !* Arrête, je t'ai dit.

Zsolt défit lentement sa prise, embarrassé, inquiet.

– Tu as mal ?

Elle se retourna pour le regarder. Il avait un visage carré, tendu, sa bouche crispée par l'inquiétude lui donnait l'air plus vieux. Ses cheveux et ses sourcils étaient d'un brun sombre mais ses yeux bleus et clairs trouaient son visage avec une intensité peu commune. Tour à tour Zsolt écarquillait les yeux puis clignait des paupières, incapable de supporter cette force qu'il voulait transmettre, cet amour qui lui asséchait la rétine.

– Tu as mal ?

Ági eut l'impression que si elle répondait oui, il plaquerait sa main sur la flamme de la cuisinière pour se punir, pour être à égalité avec elle. Il ne fallait pas plaisanter avec un adolescent amoureux. Leurs sentiments prennent des formes absurdes. Leur monde est exceptionnellement agité.

– Ça va, dit-elle.

L'attitude de Zsolt changea imperceptiblement. Son visage s'adoucit, redevint enfantin. Il répéta encore :

– Je suis amoureux de toi.

Mais ce n'était plus la même affirmation agressive qu'au début. C'était plutôt une excuse.

– Quel âge tu as ? demanda Ági.

– Dix-sept, répondit Zsolt en ne trichant que de quelques mois.

Il n'était pas si jeune alors, un petit homme. Ses mains tremblaient en prenant la tasse de thé qu'elle lui tendait mais c'était de la nervosité, pas de la peur. Il n'avait l'air d'avoir peur de rien.

– Je ne t'ai pas vu depuis longtemps, dit-elle.

– Je n'ai pas eu besoin de maquillage.

Ági se mit à rire. Elle se rappelait la soirée où les garçons couverts de bleus et de croûtes avaient découvert l'existence d'Étienne. Elle avait remarqué ce soir-là que Zsolt s'efforçait de lui plaire. Mais elle ne comprenait pas pourquoi il sonnait chez elle deux ans plus tard avec des déclarations d'amour butées sur les lèvres. Elle ne pouvait pas savoir que Zsolt tenait cachée au fond de sa poche de veste une culotte imprimée d'iris aux feuilles longues comme des ailes d'oiseau. Il venait de la découvrir dans un tiroir lors d'un après-midi passé chez Imre et il l'avait emportée avec lui. La possession d'un tel objet avait réveillé brutalement son amour pour Ági et lui avait donné la certitude qu'il était désormais en âge de la conquérir. Serrant le porte-bonheur fleuri dans son poing, il avait marché jusqu'à l'appartement de la jeune fille en s'efforçant de ne penser à rien pour ne pas avoir à douter. Et à présent il était devant elle.

– Étienne…, commença Ági pour expliquer que son cœur n'était pas libre.

Mais elle s'arrêta, incapable de trouver de la vérité dans ce qu'elle allait dire. Penser à Étienne la rendait triste. Elle était sûre qu'il couchait avec Dora, la petite blonde qui travaillait au secrétariat de l'université. Ági la détestait, la trouvait vulgaire. Elle devait avoir des sous-vêtements roses. Elle mâchait sans cesse des rubans de réglisse. Ági n'aurait jamais pensé qu'elle pouvait plaire à Étienne. Mais elle était sûre que c'était son parfum qu'elle retrouvait sur lui quand il rentrait. Une senteur de fleurs et de vanille, douce jusqu'à l'écœurement. L'idée de partager un homme avec une idiote pareille lui semblait humiliant, dégradant. Elle aurait pu partager Étienne avec une comtesse, ou avec Elsa Triolet, pourquoi pas. Mais pas avec elle, pas avec la petite blonde.

Tout le monde voulait Étienne, parce qu'il était professeur, parce qu'il était étranger, parce qu'il était jeune, et même Ági finissait par comprendre à quel point il était difficile pour lui de repousser toutes les offres sous lesquelles il croulait. Elle ne pouvait rien faire. Elle ne pouvait pas prétendre être plusieurs centaines de femmes, lui offrir toute la diversité, toute la richesse des autres. Elle était si peu, elle s'en rendait compte. Elle acceptait ses infidélités en silence, c'était une douleur mais c'était raisonnable. Ági voulait être raisonnable parce qu'elle imaginait que c'était ce qu'une Française aurait fait. Dans le monde de l'amour libre, il fallait se fier à la théorie et pas aux cris du ventre.

Mais devant elle, les yeux de Zsolt disaient autre chose, disaient même le contraire : que l'amour est violent et sans intelligence. Que l'amour veut posséder en entier.

– Tu as quel âge, déjà ? demanda-t-elle encore à Zsolt.

Elle le regardait à peine, il y avait comme un brouillard devant ses yeux. Au-dessus de sa tasse de thé qui tremblait toujours, Zsolt eut un grand sourire. Il connaissait cet état de langueur. Les filles qu'il emmenait avec lui dans les parcs les soirs d'été tombaient dans cet état après quelques baisers. C'était le stade où plus rien n'importe ; il n'y a que de la buée à l'intérieur des têtes.

– Je t'aimerai toujours, dit Zsolt.

Il était assez lucide pour savoir que c'était un mensonge. Mais il ne voulait pas y penser. Il savait simplement que c'était la chose à dire. Ági n'y croyait pas non plus. Mais elle appréciait qu'il l'ait dit. Elle s'en rendait compte à présent, en écoutant un adolescent impatient jurer des choses impossibles : être raisonnable était épuisant. L'honnêteté, les contrats n'appartenaient pas à l'amour. Les mensonges, si. Les promesses. Étienne ne parlait d'eux qu'au présent, refusait de dire « nous », refusait de dire « *mon* amie » parce que, prétendait-il, c'était le désir de possession qui abîmait les couples. Il ne comprenait pas qu'elle avait parfois besoin d'autres mots. Le langage qu'il utilisait restreignait son univers. Quand Zsolt prononçait le mot « toujours », le monde semblait s'agrandir à nouveau, revenir à ses dimensions initiales. Et c'était suffisant, Ági n'avait pas besoin d'autres raisons.

Il la suivit dans la chambre sans rien dire. Alors qu'elle marchait devant lui, il fixait sa nuque avec application, les petits cheveux châtains qui bouclaient. Il essayait de ne penser à rien d'excitant. Il pensa aux nombres de marches entre la rue et la porte, il pensa aux tableaux d'horaires de trains. Mais allongé sur elle au travers du lit, il ne put pas se retenir plus d'une minute ou deux. Il se mit à pleurer.

– Ce n'est pas grave, dit Ági.

– Je t'aime, dit Zsolt, c'est pour ça.

Ils ne se revirent pas. Sur le chemin du retour, Zsolt se sentait idiot. Il avait rêvé que ce soit un moment inoubliable. Il aurait voulu qu'Ági crie de joie. À présent ça n'avait plus d'importance. Il ne l'aimait plus autant maintenant qu'elle l'avait vu se ridiculiser.

Personne n'en parla à Imre. Il n'avait pas besoin de savoir.

La perfection

L'unique soirée que Monika avait passée à Budapest avait suffi à déclencher des guerres. Kerstin n'arrivait pas à croire qu'Imre avait entraîné sa sœur dans un bar louche où avait éclaté une bagarre générale.

– Mais tu n'as aucune dignité ? demandait-elle.

Imre haussait les épaules en contemplant l'attelle sur son doigt. Il accusait Zsolt. Les secrets de sa sœur et de son meilleur ami lui paraissaient être une trahison qui justifiait son coup de poing. Quand il essayait d'expliquer son point de vue à Kerstin, elle le trouvait puéril, criait qu'elle se foutait bien de qui avait commencé.

Au téléphone depuis Cologne, Monika jurait qu'elle s'était bien amusée. Kerstin pensait que sa sœur essayait d'épargner Imre. Elle lui en voulait d'autant plus.

Leur guerre dura six bons mois. Hors de la maison au bord des rails, la violence se déchaînait aussi. Le pays aux sept frontières avait révélé sa nature parfaite de plaque tournante et les trafics y avaient commencé, chaotiquement. On parlait de mesquineries comme le contrôle d'une boîte de peep-show mais aussi d'escroqueries internationales impliquant la disparition des caisses secrètes de la Stasi. Il y avait une mafia du pétrole, une mafia de l'immobilier, une mafia des armes, une mafia du sexe. Parmi les nouveaux maîtres de l'argent, certains reprochaient aux autres d'avoir eu la même idée, d'avoir choisi le même champ d'investissement, et leur agacement devint clairement visible au milieu des années 90. Quelques night-clubs affiliés à divers pontes de la pègre explosèrent les uns après les autres. Une ou deux grenades apparurent par surprise sous les voitures et dans les restaurants. La police ne trouvait rien. Elle recevait de nouvelles voitures et des talkies-walkies flambant neufs pour continuer à ne rien trouver. Quand les agents dénichaient malgré tout des informations, ils se suicidaient très vite. Imre avait peur, surtout pour Kerstin. Il pensait que ces incidents la dégoûteraient de la Hongrie. Il parla plusieurs fois de la possibilité de déménager, d'aller vivre en Allemagne. Mais au lieu de rebuter Kerstin, ces événements renforcèrent au contraire sa volonté de rester. C'était enfin l'aventure dont elle avait parlé dans ses lettres à Monika, c'était le danger, c'était l'Autre. Son enthousiasme revint, plus ardent encore.

Elle allait prendre des photos des bâtiments incendiés, collait ses doigts contre les murs noircis pour y sentir encore la chaleur du feu. Elle passait des heures au téléphone avec sa sœur et ses amies pour leur raconter ses déambulations à la manière d'une correspondante de guerre. À Monika elle envoyait des articles de journaux qu'elle traduisait maladroitement, des coupures de presse qui montraient qu'elle n'inventait rien. Mais malgré son excitation enfantine elle continuait à bouder Imre.

Il sortait seul, inquiet de sa mauvaise humeur. Il n'avait pas connu ces promenades sans but depuis le moment de leur rencontre. Il n'y prenait plus vraiment de plaisir. Il croisa Adam Karoly dans un bar. Le propriétaire du Diamond avait vieilli. Les deux rides au coin de sa bouche paraissaient suffisamment profondes pour faire craquer la peau. Il raconta à son ancien employé qu'il avait voulu agrandir le magasin, ouvrir une salle avec des cabines et un peu de danse. Il avait trouvé une fille très bien. Elle faisait un numéro avec un serpent qui s'appelait Rocky. C'était un gros serpent, il avait du sang d'anaconda, disait la danseuse qui, elle, était petite et mince. Leur performance valait le détour. Mais quand Karoly avait voulu acheter l'étage supérieur de l'immeuble, la mafia s'en était mêlée. Il avait dû leur attribuer une part des revenus, ils voulaient aussi qu'il emploie deux de leurs gars. « Moi je cherchais des danseuses », ricana tristement Karoly. Ils essayaient de lui apprendre le métier pour que l'argent rentre plus vite.

– Mais ils ne connaissaient rien à rien. Ils ont tout salopé. Alors finalement je leur ai laissé le Diamond. C'était devenu un supermarché.

– Oh, dit Imre en fixant le fond de son verre de bière.

Il avait la gorge nouée.

– Ça va pour moi, grogna Adam en haussant les épaules, on a encore l'argent de l'affaire de ma femme. On peut vivre.

– Ta femme ? demanda Imre.

Il n'en avait jamais entendu parler.

– La boutique de mariage, répondit Adam, tu te souviens ?

– Oh, dit encore Imre.

Adam finit son verre d'un trait.

– On s'était dit qu'il fallait mieux éviter que les gens le sachent. Ça aurait fait bizarre aux clients, les siens, les miens…

Imre comprenait. Adam remit sa veste et lui serra la main.

– J'ai perdu la vision, dit-il juste avant de partir, j'ai toujours été sûr qu'elle fermerait avant moi. Je croyais que le couple allait disparaître, tu vois, mais qu'il y aurait toujours une place pour le sexe et pour le Diamond. Je croyais que ce serait moi qui financerais nos vieux jours. Apparemment, je ne comprends plus le monde.

Il s'éloigna d'un pas pesant. Les mots restaient dans la tête d'Imre. Les dernières explosions de la guerre des gangs le laissèrent indifférent. La mort du Diamond était un traumatisme indépassable. Il alla rôder à plusieurs reprises rue Üllöi, comme lorsqu'il avait dix-sept ans, mais il n'osa jamais pousser jusqu'au sex-shop. Il avait peur de découvrir le magasin défiguré. Quand il pensait que des mafieux disposaient maintenant d'Anastazie, ça lui tordait un peu le ventre. Il était triste de ne jamais avoir dit à Karoly à quel point le Diamond avait été important pour lui.

En novembre 1996, un des parrains de la mafia locale, József Prisztás, mourut assassiné d'une balle dans la tempe alors qu'il traversait la rue pour aller de son appartement à sa voiture. Bien évidemment, personne ne vit rien de la scène. À ce stade, l'assassinat semblait être devenu une cause de mort naturelle qui ne nécessitait aucun criminel. Il pouvait arriver en plein jour dans un lieu public. Il frappait même les plus puissants, les mieux protégés. C'est peut-être cette impunité totale des criminels – plus aucun frisson d'exaltation – ajoutée à la prise de conscience que le pouvoir n'empêche personne de mourir qui calma net les membres des gangs après la disparition de Prisztás. On n'entendit plus d'explosions. Les sirènes de police résonnaient seules dans les rues, absurdes et entêtantes comme des musiques de jeux vidéo.

Kerstin et Imre se réconcilièrent et Kerstin tomba enceinte. Ils appelèrent la petite fille Greta, comme sa grand-mère allemande. Elle naquit le 4 avril 1997. Quelques mois plus tard, Kerstin et Imre se marièrent. C'était plus facile. Pour l'enfant. Pour les papiers. Quelques amies de Kerstin vinrent d'Allemagne. Ses parents envoyèrent une carte. Ils étaient en croisière sur le Nil. « Avec des mocassins et un sac-banane », commenta Kerstin en regardant la photo du fleuve sur la carte postale. Mais elle n'eut pas son rire d'avant, celui qui disait que tout était absurde et qu'elle s'en moquait. Imre remarqua une petite ride entre ses sourcils, mais quand elle tourna la tête vers lui, il s'empressa de regarder ailleurs. S'il prétendait ne pas voir ce qui n'allait pas, c'était comme si tout allait bien.

La naissance de Greta adoucit l'atmosphère dans la maison de bois. Elle devint le centre de toutes les préoccupations. Imre se privait de sommeil, simplement pour la regarder. La délicatesse et la beauté de sa miniature l'enchantaient. Il était extraordinairement fier. Quand il entendait sa voix, il avait l'impression que le son résonnait dans tout son corps.

Imre entrevoyait désormais le sexe sous un jour nouveau. Il avait connu différentes phases au cours de sa vie, commençant par un voyeurisme contrit avant d'accéder au calme professionnalisme du Diamond – le sexe ne le concernait pas personnellement, c'était un *marché.* Puis, après l'avortement d'Ági, la culpabilité était revenue en force : le sexe était dangereux, douloureux. L'apparition de Kerstin lui en avait au contraire révélé toutes les douceurs. Et maintenant, ce même acte qui l'avait obsédé pendant toute son adolescence, qui couvrait les jaquettes de films porno et qui avait traumatisé le corps de sa sœur donnait naissance à Greta. C'est-à-dire à la perfection. Comment était-ce possible ?

Lorsqu'il voyait le souffle du bébé soulever ses minuscules poumons, les mécanismes du petit corps lui paraissaient tellement complexes qu'Imre ne comprenait pas comment il avait pu participer à sa conception. Il avait l'impression d'être le premier homme à avoir achevé ce miracle, la production d'un nouvel être vivant.

– On l'a tous fait avant toi, disait le grand-père que cette béatitude énervait.

Mais Imre ne l'entendait pas. Ce qu'avait pu faire le vieil homme ou Pál n'avait aucun lien avec la petite merveille qui dormait devant lui. Il ne faisait aucunement confiance à la biologie pour rendre compte de la perfection de Greta.

– Ce n'est qu'une fille de plus, disait le grand-père.

Il pensait qu'elles étaient vouées à être malheureuses, à être maltraitées. Il aurait voulu un petit-fils. On l'aurait appelé Imre comme son père, comme son arrière-grand-père, et le nom aurait perduré à travers une génération de plus. C'était important. S'il y avait suffisamment d'Imre Mándy dans le futur, la faille que Pál représentait dans la lignée familiale deviendrait minuscule, invisible. Avec les siècles elle disparaîtrait complètement. Un accroc oublié. Parfois Pál lui-même avait hâte de mourir pour laisser la Terre aux Imre Mándy et faire oublier l'absurdité de son prénom. Les trois lettres sonnaient toujours douloureusement pour lui, rappelant le désamour du grand-père qui n'avait pas voulu que l'enfant d'un soldat russe soit gratifié du nom centenaire.

Les hommes qui percent

Le 6 juin 1997, Imre reçut un faire-part de mariage. Zsolt épousait Rózsa, une actrice dont on parlait beaucoup dans les journaux depuis quelques mois. Imre avait vu des photos, c'était une très belle femme aux cheveux blonds et bouclés, aux grands yeux bleus, avec un visage de porcelaine ancienne, de vierge de Raphaël, et un corps de starlette. Il se demanda si Zsolt savait que le sourire de sa nouvelle femme ressemblait beaucoup à celui d'Ági. Elles avaient les mêmes dents en rang de perles, les mêmes fossettes. Ági, de son côté, pensa que Rózsa avait le sourire de son petit frère. C'était Imre que Zsolt cherchait, sans s'en rendre compte. Elle trouvait que c'était triste et doux, elle dit :

– Tu devrais lui écrire.

Elle ne supportait pas qu'ils se soient fâchés à cause d'elle, à cause de cet après-midi stupide de 1987. Imre lui assurait que c'était bien plus vieux. Que Zsolt avait cessé d'exister pour lui quand il s'était installé à Debrecen sans hésiter, quand il n'avait pas préféré

Budapest et leur amitié de toujours à ses vagues cousins autrichiens. Mais pour ne pas peiner Ági, il s'installa à la table de la cuisine avec une feuille de papier. Il ne savait pas quoi dire. Il relut le faire-part, songeur. C'était une Hongroise. Zsolt avait épousé une Hongroise. Pas une Californienne. Il n'avait pas réussi.

Ce n'était même pas une étrangère. Kerstin était plus proche de leur rêve d'adolescent que Rózsa. Imre était plus proche de l'accomplissement de leur rêve que Zsolt. C'était la première fois. C'était grisant. Il l'avait dépassé.

– Qu'est-ce qu'il y a ? demanda Kerstin en voyant son sourire.

– Je t'aime, répondit Imre.

Il l'embrassa avec passion sur le front. Parce qu'elle était sa femme, son trophée – sa seule Amérique. Malgré Cologne et l'Allemagne, elle serait toujours l'Amérique débarquée un jour sur la pelouse de l'île Marguerite. Elle était son Ouest doré.

Il écrivit une brève réponse à Zsolt, toutes ses félicitations, ses vœux de bonheur. Au dernier moment, il glissa aussi dans l'enveloppe une photo de Kerstin, Greta et lui. Malgré son ressentiment, Imre voulait que Zsolt voie sa fille. C'était important, se disait-il en regardant le cliché. Kerstin tenait Greta sur ses genoux et les premières mèches de l'enfant étaient du même blond que les cheveux de sa mère. Derrière elles, Imre se tenait debout, la main posée sur l'épaule de Kerstin dans une tentative maladroite pour rester en contact, un sourire hésitant aux lèvres.

Il avait toujours été sûr qu'un enfant transforme un couple en famille de façon naturelle, par sa simple apparition. Mais il avait l'impression que, dans son cas, la cellule familiale qui s'était formée n'incluait que Kerstin et Greta. Leur lien était évident. Elles étaient la mère et la fille. Et Imre, bien sûr, était le père, mais ce n'était qu'un rôle théorique. Il ne lui était assigné aucune place physique, biologique, dans le nouveau noyau familial. Il se sentait toujours stupide lorsque Kerstin donnait le sein à leur fille. Il ne savait pas quoi faire de ses bras. Il voulait aider mais ignorait comment. Il tendait la serviette au mauvais moment, il en faisait trop, son zèle dérangeait la tétée calme et évidente.

– Mais laisse-les tranquilles ! lui criait le grand-père que son ballet maladroit agaçait.

La remarque arrêtait Imre quelques secondes, rougissant, honteux. Et puis il repartait à l'attaque, sûr qu'il finirait par trouver une faille dans le système formé par Kerstin et Greta – un minuscule espace où être père.

Même Ági semblait s'insérer dans le monde de Greta plus facilement que lui. C'était frustrant pour Imre. Elle se précipitait sur la petite fille, la prenait dans ses bras, l'embrassait, lui parlait en allemand, en hongrois, en français, dans une tirade incompréhensible, et puis elle se mettait à pleurer sans cesser de lui sourire. Elle l'appelait petit trésor, mie de pain, chérie, beauté, dorure. Elle lui donnait son index à serrer et quand Greta s'y agrippait de ses deux petites mains, Ágí serait restée des heures debout à côté du berceau plutôt que de retirer son doigt.

Kerstin considérait sans plaisir la relation qu'Ági entretenait avec sa fille.

– Elle est mauvaise pour Greta, dit-elle à Imre.

Mais elle ne pouvait pas expliquer de quelle manière. C'était quelque chose de physique. Regarder Ági lui faisait mal. La vision du corps traumatisé la renvoyait à son propre corps, à la peur qu'il soit trop fragile, au dégoût qu'il soit si secret. C'étaient des pensées confuses qu'elle ne pouvait pas exprimer : il n'y avait même pas de mots pour ça dans sa tête, juste un amas de sensations pénibles.

– Elle donne un mauvais exemple.

Elle s'accrochait à son affirmation. Elle savait qu'Imre n'y comprendrait rien. Il haussait les épaules, en effet, persuadé que ce n'était que de la jalousie. Il ne voulait pas priver Ági de ce bonheur. Elle sortait de sa léthargie habituelle, ses yeux étaient neufs quand elle regardait l'enfant. Aux traits adoucis, arrondis, de son visage, on aurait pu croire que c'était elle qui venait de mettre au monde la petite fille. Kerstin n'avait pas changé, son corps mince n'avait pas l'air de celui d'une mère. Elle semblait toujours être l'adolescente californienne qui avait séduit Imre. Lorsqu'elle tenait Greta dans ses bras, il était impossible de se représenter que l'enfant avait pu sortir de son ventre, que le corps de Kerstin avait pu héberger et tisser le corps de Greta.

Un après-midi, Kerstin trouva Greta et Ági en train de dessiner une ville. Le dessin s'étendait sur une dizaine de feuilles, tours de verre, rivières sauvages, voitures volantes. Et dans les rues de la ville, pas un homme. Uniquement des femmes. Kerstin était sûre qu'Ági était responsable de cette absence.

– C'est malsain, dit-elle à Imre.

Mais il ne réagit pas. Pour tout dire, le dessin de Greta et Ági ne le surprenait pas. Il pensait que le monde de la petite fille – le monde vital, essentiel – était exclusivement féminin. Il ne voyait pas pourquoi elle aurait dessiné des hommes. Les hommes de cette famille ne lui apportaient rien. Ils ne la nourrissaient pas au sein, ils ne chantaient pas comme Ági, ils s'absentaient toute la journée, revenaient quand elle se couchait, ne se levaient pas la nuit pour elle. Ils ne méritaient pas de figurer sur un dessin. Greta ne voyait presque pas d'hommes à l'exception du grand-père. Mais celui-ci était trop vieux pour être considéré comme un homme ou une femme. Il n'avait plus de corps que pour héberger les divers problèmes qui apparaissaient : les escarres, les rhumatismes, les champignons, les poils, les caillots. C'était moins le corps d'un humain qu'une boîte de Pétri.

L'année des ses trois ans, Greta fut repérée dans la rue par un photographe en charge de la nouvelle campagne publicitaire du Mammut, l'immense centre commercial près de la place Moszkva. La somme d'argent qu'il proposa pour utiliser son visage sur les affiches était presque indécente. Dans la maison au bord des rails, le chiffre paraissait encore plus grand, impensable.

Kerstin, qui accompagnait la petite fille, avait dit oui sans réfléchir, assommée par la proposition. Une fois le choc passé, elle avait l'impression de l'avoir vendue.

– Je suis horrible.

Mais Greta était si contente à l'idée d'être photographiée que Kerstin n'osait pas revenir sur sa parole.

– Elle va se croire punie.

Imre hésitait. Dans son esprit, les photographies étaient liées à un monde de sexe, de lumière rose et de figurines grandeur nature. Il ne voyait pas comment la campagne publicitaire pourrait mener Greta à une carrière pornographique mais il sentait confusément qu'il y avait un risque.

Ils acceptèrent finalement que la petite fille fasse la publicité, en s'efforçant de croire que c'était uniquement parce qu'elle le voulait et pas pour l'argent. Ági et Imre l'accompagnèrent au studio, en haut d'un grand bâtiment de verre noir. Le photographe et son équipe fumaient des cigarette sur le toit-terrasse, ils portaient des vêtements moulants et de grosses lunettes.

Greta posa devant un château gonflable, sur une petite bicyclette, sur le tapis d'un salon avec des cubes. Elle avait plusieurs tenues en fonction des différentes séries de photos et une habilleuse s'occupait d'elle entre les séances. Juste avant l'avant-dernier thème, le changement fut trop long au goût du photographe. Énervé contre l'habilleuse, il passa derrière la toile du décor pour la presser d'envoyer Greta sur le décor. Celle-ci était nue à l'exception d'une paire de chaussures vernies qui lui avaient été données lors de la première série et qu'elle ne voulait plus quitter. Lorsqu'elle le vit surgir, elle se mit à crier très fort et cacha dans un réflexe qui n'avait rien d'enfantin sa poitrine encore inexistante et son entrejambe. Ági se précipita pour enlacer la petite fille. Très mal à l'aise, le photographe s'excusa en bredouillant tandis que Greta répétait :

– Les hommes ne doivent pas nous voir nues !

Nous qui ? Le pluriel laissa une impression terrible à Imre. Il comprit l'inquiétude de Kerstin quant à la mauvaise influence d'Ági. Ce n'était pas un comportement normal pour une fille de trois ans. Il eut peur que Greta n'en vienne, comme sa tante, à redouter tous les hommes, à éviter leur présence. Malgré l'amour qu'il avait pour Agnès, il devait bien reconnaître qu'elle n'était pas le meilleur modèle que l'on pût donner à un enfant.

Il essaya de les éloigner. Mais la maison était si petite

qu'il était difficile de tenir l'un de ses habitants à l'écart d'un autre. Malgré les efforts de ses parents, Greta semblait toujours parvenir à retrouver sa tante et à se pelotonner contre elle. Imre n'osait pas insister, il avait peur d'être blessant. Il savait que la situation de sa sœur dans la maison n'était déjà pas facile. Le grand-père ne se gênait pas pour lui faire comprendre qu'il aurait voulu qu'elle s'en aille. Elle le mettait mal à l'aise. Il suggérait sans cesse qu'elle pourrait trouver un mari. Elle était à moitié folle mais elle était toujours belle. La plupart des hommes s'en contenteraient. Et puis elle aurait une jolie maison pour elle toute seule. Ce serait plus pratique.

Voir Ági dans ses robes de parade amoureuse le rendait fou. Il s'étouffait de colère.

– Trouve-toi un homme ! beuglait-il quand elle traversait la pièce à la tombée de la nuit pour aller fumer son paquet de cigarettes dans le jardin.

Elle répondait par des bribes de chansons, par des mots français. Le grand-père écumait, jurait que s'il avait eu l'usage de ses jambes il lui aurait botté le cul.

Un soir, Imre demanda à sa sœur si elle ne ferait pas mieux de se trouver un type bien et de partir. Elle ne pouvait pas réellement aimer la vie ici.

– J'ai Greta, dit Ági.

Imre déglutit en pensant à quel point la réponse aurait déplu à Kerstin. Il préféra ne pas revenir sur le sujet. Il demanda :

– Depuis combien de temps il est parti en France ?

– Presque dix ans, répondit Ági.

– Et tu veux pas quelqu'un d'autre maintenant ?

Ági souffla quelques ronds de fumée. Elle était devenue très douée. Elle pouvait faire des cœurs, aussi, quand elle voulait. Elle voulait rarement. Il fallait les petits tapements de pied de Greta pour la forcer. Elle enchaîna une succession de ronds et puis elle souffla des mots au milieu de la fumée :

– Je ne veux pas que les hommes me touchent. Je ne veux pas qu'ils me pénètrent. Je veux une vie entière sans penser à ce qu'il y a à l'intérieur de moi. À ce que l'opération a pu y faire. Peut-être que c'est complètement couturé. Ou un peu comme du bois. Je voudrais que ça le devienne entièrement. Me refermer comme une blessure, cicatriser.

Imre posa une main compatissante sur son épaule. Elle la repoussa.

– Je ne veux pas revivre ça, je ne veux pas que les hommes me touchent. Ça ne me manque pas. Je ne veux pas que les hommes me touchent. C'était une erreur d'essayer. Je ne veux plus jamais m'ouvrir, plus jamais être fragile. Je ne vais pas me marier, je ne vais pas partir, je suis chez moi ici.

– Oui, dit Imre, bien sûr.

– J'emmerde le vieux, dit Ági.

C'était la parole la plus affirmée qu'elle ait prononcée depuis des années. C'était presque comme retrouver la jeune fille d'avant. Imre se mit à rire.

– J'emmerde le vieux, répéta Ági.

– Ouais, fit Imre, enthousiaste.

Mais rien ne vint ensuite. Ils recommencèrent calmement à fumer.

Avant la fin

Imre eut vingt-cinq ans. Kerstin voulait faire une fête. Lui ne voulait pas. Il ne fêtait plus son anniversaire. Il n'avait pas envie.

Sa famille célébrait déjà la mémoire de trop de dates et personne n'en tirait du plaisir. Le grand-père fêtait le 2 mai à la palinka, Ági fêtait le 14 juillet en pleurant le voyage à Paris qui ne s'était jamais fait, Pál se rendait au cimetière tous les 9 décembre pour poser des fleurs sur la tombe d'Ildiko. Le 23 octobre, ils commémoraient la révolution de 1956 tous ensemble : le grand-père montrait un peu de sa jambe immobile en remontant son pantalon jusqu'au mollet et Pál tremblait seul dans son coin en se rappelant le pendu sur le boulevard. Imre n'avait pas envie d'ajouter son anniversaire à la liste de ces dates lugubres. Il préférait laisser sa naissance hors des traditions familiales par sécurité : bien qu'il n'eût aucun penchant pour les croyances surnaturelles, il soupçonnait sa famille de porter la poisse à tout ce qu'elle essayait d'aimer. Traditionnellement, le pouvoir de jeter l'œil était réservé aux vieilles Gitanes avec un fichu rouge, des femmes qu'on imaginait sans dents, cachant un écureuil mort dans les pans de leur ceinture. Mais Imre trouvait que dans leur catégorie – sans accessoire folklorique – son père et son grand-père se débrouillaient plutôt bien.

Il dit non pour la fête.

Kerstin proposa alors de partir à la campagne. Elle voulait voir autre chose que Budapest. Des vignes, des forêts, les cheminées des villages.

– Ici, on ne peut pas respirer.

Ils laissèrent Greta à Ági. Ce n'était pas facile. Imre s'endormit dans le train et eut des cauchemars : Ági étouffait la petite fille dans la soie de ses robes.

Ils se rendirent dans les monts Bakony. Les anciens volcans érodés ressemblaient à des décors de dessins animés. On aurait dit que d'un instant à l'autre des dinosaures ou des oiseaux exotiques allaient surgir au-dessus des arbres sombres. Mais il n'y avait que quelques parapentes.

– Greta aurait adoré, disaient-ils tous les deux à chaque fois qu'un nouveau paysage apparaissait devant eux au détour de la route.

Après avoir répété plusieurs fois la phrase, Imre n'était plus vraiment sûr de son sens. Est-ce qu'elle voulait dire que lui et Kerstin étaient incapables d'apprécier la vue ? Il songeait avec angoisse que c'était possible.

Ils n'avaient pas été seuls tous les deux depuis longtemps, seuls et désœuvrés. Dans le silence de la campagne, les bruits de leur propre corps et du corps de l'autre occupaient toute la place. Ils leur procuraient un malaise mal dissimulé. Peut-être qu'il y a des gens, pensait Imre, dont le ventre ne gargouille jamais. Et il cherchait qui appartiendrait à cette catégorie de sur-êtres tout en continuant à avancer dans la forêt. Peut-être que Rózsa, l'actrice au visage parfait, la femme de Zsolt, en faisait partie.

Il plut beaucoup. Ils marchaient dans des sentiers ravagés par les petits ruisseaux qui se formaient en leur milieu. Les arbres au-dessus d'eux déversaient l'eau froide retenue dans leurs feuilles à chaque bourrasque de vent.

Ils marchèrent depuis la vallée de Kali jusqu'au lac Balaton. C'était une étonnante étendue d'eau. Kerstin le trouva beau. Pour Imre, il était magnifique.

Ils se tordirent les chevilles dans les pierres noires de Tihany puis repartirent vers l'intérieur des terres. Ils campaient dans les bois, dans les vignes. Imre qui n'avait jamais quitté Budapest découvrait une nature beaucoup plus sauvage et peuplée que celle des îles du Danube. La profusion de bruits et de mouvements autour de lui le rendait nerveux. Il ne pouvait pas se faire à l'idée de partager son espace vital avec tant d'autres espèces différentes. Seuls les coléoptères avaient son affection. Dorés et bleus, leurs dos arrondis brillaient sur le chemin comme des gemmes.

À la nuit tombée, le son de toutes les formes de vie devenait insupportable. Il y avait les insectes, les oiseaux, les rongeurs, les feuilles et les branches. Imre ne pouvait pas se tenir à l'entrée de la tente avec Kerstin. Il s'enfermait à l'intérieur et nouait un pull autour de sa tête pour ne plus rien entendre.

Kerstin ne comprenait pas son angoisse. Ils avaient enfin de l'espace, toutes les collines, les plaines à l'herbe presque blanche. Après la maison au bord des rails, c'était pour elle une bénédiction. Elle regardait avec ennui les gestes désordonnés d'Imre quand une bête bourdonnait près de son oreille.

Ils traînèrent dans des fêtes de village, buvant du vin au goût de vinaigre et mangeant de grandes tartines de pain au saindoux décorées d'oignons rouges.

Ce voyage au cœur de la Hongrie reculée, secrète, était d'autant plus important pour Kerstin que cette année-là, par la bouche de Viktor Orbán – prodige politique, plus jeune Premier ministre du pays et combattant de la liberté, croyait-on encore –, la Hongrie négociait son entrée dans l'OTAN et dans l'Union européenne. Elle allait se dissoudre dans ces clubs pour riches, dans ces sociétés occidentales qui pour Kerstin ne savaient plus vivre. Sa *vérité* allait fondre lentement. C'était une autre banquise promise aux clapotement grisâtres du réchauffement. Et puis, en rejoignant l'UE, elle allait devenir encore plus proche de l'Allemagne. Les gens feraient l'aller-retour dans le week-end pour prendre une photo du Château, pour manger un gulyás, ce ne serait plus le pays de Kerstin.

Bien sûr, pour éviter de voir ses compatriotes envahir son pays d'adoption, Kerstin aurait pu choisir une terre plus lointaine. Mais tout le monde pouvait tomber amoureux de l'exotisme, des Andes, des couleurs du marché de Lima, des murs de la Cité interdite ou d'un désert rouge traversé par des kangourous. La Hongrie ce n'était pas pareil, c'était un pays plat, et gris et jaune. Il ne se livrait pas comme ça à l'amour, il fallait de la patience, presque de l'abnégation. Kerstin avait choisi un territoire protégé non pas par la distance mais par sa discrétion : le reste du monde se foutait bien de la Hongrie. Mais à présent, avec l'Europe, même ces solides frontières de désintérêt risquaient de s'abattre et Kerstin devrait partager.

Elle trouvait ça vulgaire.

Son voyage avec Imre lui permettait de se remplir d'images d'un monde qu'elle pensait gravement menacé. Elle regardait tout avec une nouvelle intensité, en essayant de fixer chaque scène. Elle se représentait un processus mental qui les graverait sur sa rétine, lentement, presque douloureusement. Elle ne clignait plus des yeux, par peur de rater une seconde trop précieuse.

Dans les fêtes villageoises, Kerstin admirait surtout les danseurs qui sautaient en marquant le rythme d'une claque sur leurs hautes bottes noires. Ils étaient magnifiques et graciles. Elle était fascinée, et ne s'en cachait pas. Ils arboraient dans leurs tenues, dans leurs mouvements, la fierté d'une culture ancienne jamais éteinte, les souvenirs d'une société qui avait célébré la fertilité de la terre et sauté par-dessus les feux du solstice d'été. Les danseuses poussaient des hululements stridents et les mains des hommes claquaient sur le cuir, comme des salves de fusil.

Ils les suivaient de fête en fête, Kerstin n'en avait jamais assez. Imre, lui, traînait les pieds sans enthousiasme. L'authenticité des fêtes de village lui paraissait flirter souvent avec le nationalisme et la xénophobie. Il y avait des hommes à moustache portant des T-shirts qui réclamaient qu'on rende à la Hongrie les territoires perdus en 1920 au moment de la signature du traité de Trianon. *A Magyar föld nem eladó*. On y voyait des mains jaunes et griffues qui déchiquetaient le pauvre pays. C'était plutôt agressif. Et Imre était quasiment sûr qu'aucun de ces hommes n'aimait les juifs ni les Tziganes. Il se demandait s'il devait en parler à Kerstin. Elle lui paraissait très loin de lui. Les danseurs l'avaient complètement envoûtée.

Il croisa son regard lent qui allait de leur groupe jusqu'à lui. Il y lut de l'incompréhension. Kerstin pensait appartenir à leur monde à eux, pas à celui d'Imre. Il la retenait au sol dans sa vie sans magie, dans son existence de trains et de photocopies. Il y lut qu'il n'était pas vraiment un homme. Il lui manquait quelque chose. Le souffle. Ou une autre de ces valeurs mystiques qu'Imre ne comprenait jamais. Ce n'était même pas des reproches dans les yeux bleus de Kerstin : elle ne savait simplement plus ce qu'elle faisait avec lui.

Imre eut peur. Il avait redouté ce regard pendant toute leur relation.

– Kerstin…, commença-t-il.

Elle leva une main pour lui faire signe de se taire et s'éloigna. Imre la retrouva quelques minutes plus tard au bar, entourée d'une ronde d'hommes et tenant à la main une pinte de bière trop lourde pour son poignet. Chaque fois qu'il tentait de s'approcher d'elle, elle s'échappait, renversant un peu de sa boisson sur son chemisier dans la brusquerie de ses mouvements.

Imre finit par s'asseoir sur un banc pour l'attendre. Elle allait de groupe en groupe en riant et en buvant. Les lumières des guirlandes accrochées aux arbres teintaient des mêmes reflets dorés ses cheveux dénoués, la frange de ses cils et la bière dans sa main. Elle était éclaboussée d'or. Elle se fit apprendre quelques pas et Imre la perdit de vue pendant qu'elle tourbillonnait sur la piste, riant de ses propres erreurs, hors d'haleine, au bras des hommes qui savaient bondir par-dessus les feux.

La pluie l'arrêta finalement, balayant la fête, et la rendit à Imre.

Ce soir-là, ils dormaient dans une chambre d'hôtes. Juste avant de se coucher, ils eurent une dispute violente. Kerstin refusait qu'Imre lui reproche de s'être amusée. Elle le trouvait mesquin et jaloux. Il la trouvait égoïste. Elle cria une dizaine de fois « Je n'ai rien fait de mal » et « J'ai le droit » et Imre répondit systématiquement que ce n'était pas une question de droits. L'amour n'était pas une question de droits. Ils n'arrivèrent à aucun compromis. La dispute fut d'autant plus désagréable qu'ils étaient conscients tous les deux de n'avoir réservé cette chambre au milieu de leur voyage que pour s'assurer d'avoir au moins une fois un lit où faire l'amour. Dès les premières minutes de colère, ils surent qu'ils payaient la chambre pour rien et qu'ils ne se toucheraient pas ce soir-là. Ils se montrèrent encore plus amers dans leurs propos.

Pendant que Kerstin dormait, Imre se leva pour aller fumer une cigarette sur le balcon de la chambre. Il frissonnait dans l'air humide. La pluie s'était arrêtée mais il restait encore des gouttes au bord des toits qui se décrochaient de temps en temps et claquaient sur le sol.

Il tira longuement sur sa cigarette en se demandant si sa vie était normale.

Il ne pensait pas à la maison dans laquelle il habitait ou aux membres étranges de sa famille, il pensait à la tristesse qu'il ressentait, à la colère que lui inspirait Kerstin. À son incapacité à être tout à fait heureux, même auprès des gens qui lui étaient les plus chers.

Il se demandait si c'était l'état normal des choses, si les autres étaient comme lui et si leur bonheur n'était qu'apparent ou bien si c'était lui qui avait raté quelque chose.

Est-ce que la vie pouvait n'être que ça ? cette succession d'espoirs et de dépressions, l'un faisant toujours oublier l'autre, malgré les années et le peu de sagesse qu'on pouvait en tirer ? Est-ce que c'était possible qu'il n'y ait pas plus ?

Il regarda Kerstin derrière lui, dans la chambre sombre. Ses cheveux blonds formaient une tache claire sur l'oreiller. Elle dormait sur le ventre, comme les bébés, comme Greta. Il aurait voulu savoir si elle se posait les mêmes questions que lui. Est-ce qu'elle se rendait compte que la vie était bien plus vide qu'elle n'aurait dû l'être ?

Ils rentrèrent fâchés au bord des rails. Kerstin ne voulait pas sortir de sa morosité. Imre s'excusa plusieurs fois mais elle se contentait de froncer les sourcils ou de quitter la pièce. Ses mouvements d'humeur tout comme ses larmes déclenchaient chez Imre des crises de panique. Il ne pouvait pas imaginer longtemps qu'elle portait une part de responsabilité dans leurs disputes. C'était sa faute à lui bien sûr. Il n'avait rien pour lui. Et pourtant elle était restée. Elle avait passé cinq ans avec lui, loin de chez elle, dans un pays de marécages sans mer et sans montagnes, dans une famille d'adoption à demi muette, à la santé mentale douteuse, à l'odeur de tabac froid. Imre comprenait que par instants Kerstin le déteste et il ne savait pas comment se rattraper. Il avait l'impression de ne rien avoir d'autre à offrir. Il comprimait plus fort ses bras contre sa poitrine dans un effort pour se calmer.

Le 23 décembre 1999, Kerstin et Greta partirent passer Noël en Allemagne avec Monika. Je t'aime, dit Imre sur le quai de la gare. Elle le regarda dans les yeux sans rien dire. Quand le train s'éloigna, il manqua vomir sur ses chaussures. Elles étaient neuves, l'autre paire était morte dans la boue des chemins forestiers.

À la Saint-Sylvestre, Imre emmena Pál et Ági au restaurant. Le grand-père avait refusé de venir, au cas où les installations électriques de la ville exploseraient lors du passage à l'an 2000. Quand ils rentrèrent de leur dîner sans avoir été témoins d'un cataclysme, Imre sentit que le grand-père était un peu déçu. Il aurait aimé survivre à une grande catastrophe une dernière fois dans sa vie.

– Mais il ne se passe plus rien, bougonna-t-il.

Le 1er janvier, ils mangèrent tous le traditionnel plat de lentilles pour être sûrs d'avoir de l'argent tout au long de l'année. Imre décida d'arrêter de fumer, comme tous les ans depuis qu'il avait commencé.

– Je n'aime pas les non-fumeurs, dit Ági pensivement.

Elle fumait des extra-fines dans un long paquet blanc.

– Comme si leur vie avait tellement de valeur, ou leurs poumons. Ils se croient mieux que nous.

Il y eut un moment de silence. Ági renifla.

– Pour qui ils se prennent ?

Quelques minutes plus tard, Imre rallumait une cigarette.

Pál promit de travailler moins. Le grand-père ne prit pas de résolution. Il était, selon ses propres dires, trop vieux pour qu'on l'emmerde avec l'avenir.

Quand elle revint, Kerstin s'était coupé les cheveux. Elle avait désormais un carré plongeant et une sorte de frange sur le côté. Imre n'aimait pas beaucoup sa nouvelle coiffure. Kerstin avait l'air d'essayer de ressembler à quelqu'un d'autre.

Le 6 janvier, le grand-père eut une attaque. Kerstin le trouva renversé en arrière dans son fauteuil alors qu'elle rentrait de l'école où elle était allée chercher Greta. Elle cacha aussitôt la petite fille derrière elle pour qu'elle ne puisse pas voir. Mais Greta eut un aperçu de la scène en épiant entre les jambes de sa mère. Le vieil homme bavait une mousse jaunâtre qui lui coulait sur le cou. La moitié gauche de son visage s'était affaissée comme si on en avait retiré les os. Sur le sol, des éclats de porcelaine et une flaque de café brun clair indiquaient qu'il avait laissé échapper sa tasse.

Kerstin et Greta pensèrent qu'il était mort. Pourtant, sous le masque grotesque de son visage scindé, le grand-père luttait pour ne pas disparaître. Il parvint à cligner d'un œil. Greta hurla. Kerstin appela l'hôpital.

Il y resta près d'un mois. Les séquelles étaient lourdes. Il n'arrivait plus à prononcer les mots. Il pouvait encore les penser, les écrire, mais sa bouche ne les laissait plus sortir. Elle émettait des sons complètement différents de ceux qu'il lui ordonnait d'articuler et il ne s'en apercevait pas. Lui-même s'entendait parler normalement. C'était le visage de son interlocuteur qui lui indiquait qu'encore une fois il venait de prononcer une phrase incompréhensible.

Les médecins ordonnèrent l'amputation de la jambe huit fois brisée par Staline et mal ressoudée. Elle épuisait le corps, disaient-ils. Le grand-père, paniqué, jura dans sa nouvelle langue mais Imre signa l'autorisation. C'était comme se défaire d'un morceau d'Histoire. L'opération se déroula sans complications.

À présent qu'il ne pouvait plus parler, le vieil homme commença à écrire. Sur son lit d'hôpital traînaient toujours des feuillets à petits carreaux couverts de mots tremblants. Il ne laissait personne les lire. Il écrivit ainsi pendant presque tout son séjour. La veille de son retour au bord des rails, il tendit à Imre une liasse épaisse et entièrement griffonnée. C'était toute sa production. Et c'était une lettre.

Je suis désolé que Greta m'ait vu, écrivait le grand-père. *Ce n'est pas bien. Je regrette.*

C'est important pour moi que vous soyez en paix. C'est

tout ce qui compte. Parce que moi j'ai quatre-vingts ans et ce que je ressens moi, ça ne m'intéresse plus.

Je croyais quand j'étais plus jeune qu'en vieillissant on arrivait à la sagesse mais c'est des conneries. On n'arrive à rien qu'à vieillir. On devient un animal qui pleure. J'ai l'impression que je pourrais pleurer toujours. Quand j'essaie de repenser à ma vie, je suis incapable de déterminer si j'étais heureux ou malheureux. Tout ce que je vois c'est que les années ont passé et que les années passées sont des années mortes. Ça me donne envie de pleurer, cette mort partout dès que je veux me souvenir de quelque chose.

Alors moi, je ne m'intéresse plus. Mais vous, c'est différent. Parce que je ne veux pas penser que j'ai été une plaie. Et c'était mal que Greta me voie. Ce n'est pas un beau souvenir de son arrière-grand-père.

Je sais que j'ai été mauvais souvent. Et je ne peux pas contrôler ce que les autres pensent de moi maintenant. Je vais partir dans la tombe et les autres ne seront pas en paix à cause du mal que j'ai fait. Sara est déjà partie et à elle aussi j'ai fait du mal, je lui demande pardon et à Pál je demande pardon parce que je ne l'ai pas bien aimé.

Mais tout ça, vous le savez déjà. Et je n'ai pas le temps de pleurer sur ça aujourd'hui. J'ai quatre-vingts ans et c'est une vie assez longue pour avoir fait bien pire. Comme je suis sans personne à l'hôpital, je m'inquiète tout seul et personne ne peut me dire si j'ai raison ou si je délire.

Je m'inquiète parce que j'ai passé toute une vie dehors

comme un homme libre (ce que les Russes nous ont laissé de liberté) et que j'ai peur d'avoir été un criminel. Et j'ai peur que des morts n'aient pas eu de justice parce que je marchais libre sur le sol de mon pays.

Quand j'avais vingt ans, j'étais gendarme – vous avez vu la photo du mariage avec l'uniforme. J'aimais bien. La hiérarchie, ça me mettait toujours un peu en colère mais on oubliait vite. Et puis je me sentais utile.

Le début des années 40, ça a été un vrai bordel. On a repris une partie des territoires qu'on avait perdus à Trianon. C'est l'Allemagne qui nous les a donnés en remerciement. C'est Hitler. Mais pour s'organiser avec les nouvelles frontières c'était compliqué. On ne savait plus qui était qui.

En 1942, l'armée nous a appelés en renfort pour un contrôle d'identité à Újvidék. C'est en Serbie maintenant, ils appellent ça Novi Sad. Ça ne change rien. On devait vérifier que tout le monde était en règle. Mais tout le monde ne l'était pas, bien sûr, et ça ils le savaient déjà sinon jamais ils ne nous auraient envoyés. Ceux qui avaient les bons papiers et les bonnes têtes, on les laissait partir. Les autres on les mettait dans des camions et on les envoyait aux soldats. Ils étaient nombreux à l'arrière des véhicules, il y avait de tout. Il y avait des partisans serbes qui ne voulaient pas être hongrois ni nazis, il y avait des Tziganes qui avaient la malchance d'être tziganes et des juifs qui avaient le malheur d'être juifs.

Il faisait horriblement froid. On leur prenait leurs man-

teaux, parfois leurs chaussures. L'armée avait dit : Là où ils vont, ils n'en auront pas besoin. On faisait semblant de croire que c'était la prison ou un hôpital. Mais ils nous avaient donné l'ordre de tirer à balles réelles au moindre problème alors on savait que ça ne serait pas tendre.

Moi je n'ai rien fait. J'avais la table pour les bons, ceux avec les papiers. Je mettais un dernier tampon dessus. Je n'ai envoyé personne nulle part. Pour tout dire, je me faisais chier à ma table. Et puis un soir, Tibor est venu me dire qu'il les avait vus fusiller les indésirables sur la glace du Danube. Il m'a dit qu'ils les faisaient avancer sans chaussures, sans manteau sur le fleuve gelé jusqu'à ce que la glace rompe et qu'ils se noient dans l'eau noire ou jusqu'à ce que les soldats se décident à tirer. J'ai demandé : Combien ? Et Tibor a dit qu'il pensait plusieurs centaines. Je lui ai dit que ce n'était pas possible. On a fumé une cigarette. Au fond de moi je savais que c'était possible. Mais je ne voulais pas y croire. Et puis je voulais penser que si un problème arrivait, ça ne viendrait pas de nous, les Hongrois. Ça devait être une opération allemande parce que les nazis, eux, étaient des porcs sans âme mais nous les gendarmes hongrois, on ne faisait que notre travail de contrôle.

Quand j'entends la glace craquer sur le Danube ça me réveille, même d'ici ça me réveille. Parce que je pense parfois que j'ai joué un rôle dans les horreurs de la guerre.

J'ai les mains propres, tout le monde ne peut pas en dire autant, parce que je n'ai ni tué ni frappé et après l'opération j'ai quitté la gendarmerie et je suis devenu soudeur. Alors quand je me réveille, souvent, je me dis que je délire et que je n'ai pas fait de mal.

Mais parfois aussi je pense que j'ai vu les camions et que Tibor m'a raconté le fleuve mais que je suis quand même resté à Újvidék les deux derniers jours et j'ai continué à mettre des tampons.

Que moi j'aie été traumatisé, c'est égal aujourd'hui. Ça ne veut plus rien dire pour un vieux corps et pour un cerveau qui pleure – ça ne m'intéresse pas. Mais s'il y a des gens dehors qui pensent que j'ai aidé Hitler et que j'ai fait la Shoah, alors je veux demander pardon avant que la mort arrive et dire que c'était trop compliqué pour moi à l'époque de savoir où étaient le bien et le mal. Moi je voulais aider mon pays et protéger les Hongrois. Comment c'est devenu un massacre sur la glace sans qu'on sente qu'on en arrivait là, ça je ne sais pas. Je me demande.

Je voulais dire que je ne l'ai jamais voulu, et aussi que je ne suis pas raciste. Je suis désolé si j'ai mal agi. Je suis désolé si j'ai fait du monde un endroit pire.

Après ça, je voulais seulement la paix. Alors voir arriver les Russes c'était trop. Et ce qu'ils ont fait à Sara je n'ai jamais pu supporter. Je crois que j'ai perdu tout mon bonheur à ce moment-là. Après plus jamais je n'ai été heureux. C'est pour ça que j'ai été un mauvais mari et un mauvais père.

Je voulais seulement qu'on reste chez nous, entre nous.

Et peut-être alors qu'on aurait pu réfléchir calmement à ce qui s'était passé pendant la guerre et que quelqu'un aurait pu me dire si j'étais coupable ou pas pour les morts sur le fleuve ou si j'étais une victime parce qu'ils m'ont entraîné là-bas sans rien me dire, nous dire, et qu'ensuite ils nous ont donné du sale boulot.

Mais ça ne s'est pas passé comme ça et je regrette parce que je suis resté mon seul juge alors je me suis laissé libre.

Maintenant il y a eu la paix et les Russes sont enfin rentrés chez eux mais le pays ne me plaît plus comme avant et je ne comprends plus pourquoi se battre pour lui. Ça ne fait plus de sens. C'est comme si ça m'échappait de plus en plus et je n'ai pas eu envie de risquer la prison pour des souvenirs dont je ne me souviens pas.

Je vous dis tout ça, comme ça vous déciderez à ma place si j'ai été ou pas un salaud et ça me paraît être un peu comme un commencement de justice si quelqu'un d'autre que moi peut penser toute l'affaire et dire que j'ai fait du mal ou non.

Après avoir écrit ça je suis content de ne plus pouvoir parler. Ça fait du bien de savoir qu'on n'en discutera jamais mais que vous êtes au courant et moi aussi. Je me sens moins mal à l'idée de mourir.

Ils ramenèrent à la maison au bord des rails le grand-père au corps diminué. Sans cri et sans jambe gauche, il paraissait minuscule et plus tout à fait humain. Une partie de son visage portait encore les séquelles de l'attaque.

Elle avait l'aspect d'une coulée de lave. Ils l'installèrent dans son fauteuil habituel et le grand-père devint le fauteuil.

Imre donna la lettre à Pál. Il ignorait ce qu'il convenait d'en faire. Il savait juste qu'il ne voulait pas que Kerstin la lise. Il ne pourrait pas supporter d'entendre son opinion à ce sujet. Elle avait une morale manichéenne, elle ne tolérait aucune zone d'ombre, aucun flou dans sa séparation entre les bons et les mauvais. La mesquinerie quotidienne de l'humanité, sa faiblesse n'étaient pas des données qu'elle prenait en compte. Et pourtant il semblait à Imre qu'il ne s'agissait que de ça. Il y avait très peu de vrais salauds et de vrais saints. Il n'y avait que des hommes qui regardaient leur nombril, tremblaient pour leur nombril et protégeaient leur nombril sans jamais cesser d'être d'une banalité insoupçonnée.

Lorsque Pál lui rendit la lettre, Imre la cacha dans le transformateur. Il scotcha l'enveloppe contre la paroi métallique. Il ne pouvait pas se résoudre à la détruire. Il aurait eu l'impression de décider pour l'Histoire que son grand-père était innocent. Mais il ne se sentait pas non plus le courage de montrer la lettre et d'exposer son grand-père. Ici, à l'abri du transformateur, elle finirait bien par être trouvée par quelqu'un qui la lirait et déciderait pour eux tous.

Le silence sans fond

Kerstin ne lut jamais la lettre du grand-père. En partant, elle en écrivit une à son tour et la laissa sur la table. Il n'y avait que trois lignes.

On était le 27 mars 2000.

C'était comme si les bruits avaient cessé d'un coup, comme si la terre s'était dépeuplée. Il n'y avait plus d'autres êtres vivants. Juste le silence sans fond.

Imre reposa la papier sur la table. Il espérait confusément que, de loin, le message serait différent. Mais les phrases restaient les mêmes :

Ce n'est plus possible.

Pourquoi ne pas en avoir parlé ?

Ce n'est pas ta faute.

Conneries.

Je prends Greta avec moi.

– Tu les as vues partir ? demanda Imre au grand-père qui se balançait sur son fauteuil.

Le vieil homme acquiesça.

– Tu n'as rien fait ?

Le grand-père ricana et haussa les épaules. Depuis son attaque, il avait remplacé les mots par des sons : ricanements, claquements de langue, sifflements, déglutitions. Il n'essayait pas de leur donner un sens. Il appréciait juste les bruits, content que son corps puisse encore se faire entendre. Imre ne savait pas quoi faire.

– Elles sont où ? Allées où ?

Mais le vieil homme ne répondait pas, souriant toujours dans la coque de son gros fauteuil. Imre monta à l'étage, fouilla partout.

Il ne restait plus rien de sa femme, ni de sa fille. Il n'y avait plus que les affaires des hommes. Trois hommes seuls, de trois générations différentes. Et la petite valise d'Ági, avec toutes ses robes, cadenassée et glissée sous son lit.

Ce n'est plus possible.

Imre n'aurait jamais dû croire que Kerstin pouvait s'habituer à cette vie. Il n'aurait jamais dû la laisser s'installer avec lui dans la petite maison au bord des rails. Elle ne pouvait pas la trouver toujours pittoresque. Lui, Pál, Ági, le vieux, ils restaient parce qu'ils étaient coincés ici, parce que c'était leur maison, parce qu'elle était là depuis toujours, depuis le temps des violettes et des serpents d'eau, et par respect pour l'arrière-arrière-grand-père qui avait gravé son nom au-dessus de la porte. Mais qu'est-ce que Kerstin pouvait avoir à foutre de la lignée des Mándy au bord des rails ? Elle n'avait aucun intérêt à rester dans la vieille baraque de bois grinçante au milieu du vacarme des trains.

Et puis Greta était arrivée. Ce n'était pas un endroit pour une petite fille. Le corps amputé du grand-père-fauteuil dans le salon, le corps prostré d'Ági aux petits pas, l'océan de déchets autour du jardin. Bien sûr que ce n'était plus possible. Pas avec Greta.

C'était ce qui lui faisait le plus mal : Imre était d'accord avec le mot de Kerstin. Si seulement elle lui en avait parlé, il aurait dit oui à tout. Mais elle n'avait rien dit, parce que pour elle Imre lui-même n'était plus possible.

Il s'assit sur le sol de leur chambre, incapable de se tenir debout plus longtemps. La pièce tournait autour de lui, tellement silencieuse. Leur grand lit et le petit lit de Greta. Déserts. Kerstin avait même enlevé les draps en partant. Ils étaient roulés en boule dans le panier à linge sale. Comme si elle n'avait été qu'une invitée qui défaisait son lit en partant, repliait le canapé pour rendre à la maison son état premier.

Ça n'avait été que ça. Imre lança un coup de pied dans la commode aux tiroirs ouverts et vides. Le bruit résonna dans les murs de planche et provoqua un nouveau ricanement du grand-père.

Est-ce qu'il devrait partir en Allemagne ? courir après elles ?

Plusieurs fois, il descendit et remonta les escaliers au

gré de ses décisions. Y aller. Ne pas y aller. Y aller. Arrête-toi.

Le grand-père cliquetait, bruits de bouche mouillée, et ses doigts tambourinaient sur l'accoudoir. Il regardait les allées et venues de son petit-fils avec intérêt.

Elles sont probablement parties à Cologne, finit par décider Imre. Les parents de Kerstin y vivaient toujours. Elles y étaient déjà peut-être. Il lui suffisait de téléphoner pour en être sûr.

Son ventre se révolta soudain. Il avait peur de savoir, peur de découvrir qu'elles étaient réellement parties, que Kerstin avait bien écrit ce ridicule mot de trois lignes en guise d'adieu.

Pourtant il était obligé d'appeler. Il ne pouvait pas rester dans la maison abandonnée comme si rien n'avait changé. Il commença à composer le numéro puis raccrocha. La présence du grand-père dans la pièce le gênait. Il avait peur d'être pathétique et aurait préféré que personne ne le voie. Mais il n'avait pas la force de porter le vieil homme à l'étage. Il reposa ses doigts sur les premières touches.

Le téléphone sonna longtemps avant que les parents ne se décident à décrocher. Imre devina qu'ils savaient qui appelait.

– Kerstin, dit Imre, Greta.

Il ne pouvait rien ajouter. C'était impossible. Il y eut un moment de silence avant la réponse du père. Imre avait du mal à comprendre son allemand. Heureusement la réponse était simple. Elles étaient là toutes les deux. Elles ne voulaient pas lui parler.

– Je ne vous félicite pas, dit le père de Kerstin.

Et il raccrocha. La tonalité continue restait dans l'oreille d'Imre, son cri lui traversait la tête. Il prenait toute la place. Un silence pire que le silence. Imre restait debout, le combiné plaqué contre son visage, avec cette note aiguë qui ne voulait pas en finir, qui ne répondait pas aux « Allô », et soudain il se mit à pleurer, le corps agité par les sanglots comme une corde tendue. Le grand-père, surpris, répondit par des bruits de hoquet.

– Ce n'est plus possible, dit Imre en pleurant, ce n'est plus possible, ce n'est plus possible, ce n'est plus possible…

Répétée ainsi, la phrase ne voulait rien dire. Le départ de Kerstin était absurde. Les mots d'adieu s'émoussaient contre l'absence de sens.

Les jours suivants, il attendit des nouvelles. Un signal. Rien n'arriva. Il téléphona à plusieurs reprises sans avoir de réponse. Il commençait à devenir fou. Quand il appela deux semaines plus tard, menaçant de venir le soir même pour reprendre sa fille, les parents de Kerstin lui dirent qu'elles avaient emménagé ailleurs. Elles vivaient maintenant dans le sud de l'Allemagne, près de la frontière française. Et Kerstin allait être professeur. Professeur. La mère avait insisté sur le mot. Elle semblait penser que c'était Imre qui avait empêché sa fille de continuer ses études.

Il eut envie de lui demander : Qu'est-ce que j'y peux, moi, si les vestiges communistes ont mis votre fille en chaleur à l'été 93 ? Il avait envie d'être vulgaire, de choquer cette connasse à la voix posée qui se permettait de lui donner des leçons.

Il n'avait pas abusé de la bonne volonté de Kerstin. Il lui avait même donné à plusieurs reprises l'occasion de partir. Il n'avait jamais pensé qu'il était assez bien pour elle. C'est elle qui avait voulu rester, vivre dans la maison au bord des rails, avoir un enfant. La vraie vie, comme elle disait. La vie des locaux.

Est-ce qu'il devrait appeler la police ? Par instants il pensait que oui.

Et puis il voyait la maison. Forcer Greta à vivre ici ? Avoir un procès sans fin, plein d'insultes et d'enquêtes pour risquer de ruiner la vie de sa fille. Ça ne paraissait pas juste. Et Kerstin allait être professeur. Peut-être qu'elles étaient mieux sans lui.

– Aucun tribunal ne donnera raison à un Hongrois contre un Allemand de toutes manières, dit Ági.

– Pourquoi ?

– Parce qu'on est un peuple raté.

Ils eurent tous les deux un rire bref.

Imre passait ses soirées à jouer avec le fil du téléphone. Une fois il appela et dans son délire rageur dit qu'il viendrait avec des couteaux. Après cet appel, les parents de Kerstin ne répondirent plus.

Dans le silence, Imre n'arrivait plus vraiment à penser. Les nuits étaient longues et décousues.

Que fait Greta ?

Ça faisait deux mois désormais.

Est-ce qu'on peut oublier qu'on a eu une famille ?

Que fait Greta ? Elle doit grandir comme les plantes. Et je ne peux pas la voir. Il rêvait qu'elle grandissait à vue d'œil, sa tête effleurait le plafond. Elle le cherchait. Il n'était pas là. Elle grandissait comme le haricot magique. Il restait au sol. Elle ne le reconnaissait plus. Sa tête se perdait dans les hauteurs. Il ne pouvait plus distinguer son visage. À chaque minute elle grandissait. Il oubliait à quoi elle ressemblait. Elle continuait à grandir.

Imre acheta sa première bouteille de palinka à l'abricot le 7 juin 2000. Il pensa aux jours de crise du grand-père. À sa promesse d'enfant de ne jamais boire. Il la vida dans la nuit et fut malade.

Büdös disznó.

Dans le silence, tout se dérègle. Le temps ne finit plus jamais.

Le monde vide

Imre marchait sans bruit. Ses semelles étaient molles. Il avait les mains dans les poches. Il avançait au hasard, comme lorsqu'il avait quinze ans. Il avançait comme s'il n'avait pas de maison. La ville avait changé. Les bâtiments neufs le long du Danube, hôtels de luxe aux fenêtres teintées. Les banques aux couleurs vives. Les fausses trattorias qui vendaient des pâtes à prix d'or. La ville avait changé et il n'avait rien vu. Il avait l'impression d'être dehors pour la première fois. La poussière sur ses lèvres. Il y avait des travaux partout. Ils voulaient des trottoirs plus grands. Ils voulaient plus de métro. Il aurait pu se perdre en longeant des palissades de chantier. Il y avait des pissotières pour les ouvriers. Elles fuyaient. Odeur de la pisse dans la chaleur du soir. Kerstin aurait trouvé ça authentique à l'époque de son arrivée.

Budapest est une ville d'odeurs. Surtout au printemps. Celle des jeunes arbres, celle des pierres chaudes, celle du caoutchouc brûlé, des merdes de chien, le vomi des touristes ivres, la graisse frite, la nourriture pour les chats dans les parcs de la ville.

Imre n'arrivait pas à comprendre comment le temps avait pu passer depuis leur départ à toutes les deux. Croire qu'on puisse être déjà le printemps d'après. Pour lui, tout était figé. Au-dessous, d'une manière sourde, les jours, les mois du calendrier des autres continuaient à défiler. Mais son temps à lui ne les suivait plus. C'était une étendue de verre sur laquelle il était allongé.

Il écoutait les crépitements et le bruit de ses pas, lourds, lents, en se rappelant des bribes d'un poème d'Attila József que Zsolt lui récitait quand ils étaient enfants :

J'étais un éléphant, pauvre et faible.

Ça lui allait bien ce soir-là. Se penser éléphant. Même leurs nouveau-nés paraissent vieux. Ils sont vêtus d'un pyjama trop grand, comme s'ils étaient tous atteints de cachexie. Ils se débattent dans les vêtements des autres, taille « bonne santé », avec leur maigreur inadéquate. Imre avait de la sympathie pour eux.

À présent mon âme est humaine – et le paradis est perdu.
Je m'évente à l'aide de mes épouvantables oreilles.

Il entendait tous les bruits. L'électricité de Budapest qui hurlait dans la ville tendue de câbles, au milieu des rues, au bord des rues, sur le sol des bars. Les tramways et les trolleys roulaient moins sur la route que sous les fils. Ils étaient accrochés, pendus là-haut puis jetés à travers la ville comme s'ils descendaient une tyrolienne géante. Par endroits il y avait tant de fils sur le trajet d'Imre qu'aux carrefours ils formaient un nid géant et rond hérissé de transformateurs, n'attendant qu'une cigogne pour les couronner.

Tous ces câbles agacés par les perches des véhicules poussaient des hurlements, des crissements, s'énervaient en étincelles. Imre, devenu un éléphant dans les rues de la ville, pouvait entendre le pouvoir de l'électricité. Pas comme cette énergie discrète et silencieuse qui se transforme de façon magique en lumière ou en chaleur, mais comme une force brute, l'électricité qui n'est rien d'autre que l'électricité.

Il grimpait les escaliers du mont Gellért et les routes serpentines. *J'étais un éléphant, pauvre et faible.* Ses semelles avaient dû fondre. Ses pieds collaient au goudron. Il peinait à les soulever. Ralenti pénible de sa marche. La rue était vide. Est-ce que cette salope avait pris toute la ville avec elle ? Les deux millions d'habitants.

Il ne voulait même pas penser ça. Salope. Il ne voulait pas avoir ce genre de mots en tête pour penser à elle. Le premier amour, le seul amour. Le miracle.

Mais il ne pouvait pas s'empêcher de la détester. C'était tout ce qui lui restait pour se croire fort. Quand il avait compris qu'elle ne reviendrait pas, il avait commencé à faire ce qu'elle n'aurait jamais voulu qu'il fasse. Un soir, il était allé voir *X-men* au cinéma. Kerstin l'aurait méprisé, il en était sûr. Il avait même pensé à l'appeler pour le lui dire.

C'était le genre de salle de cinéma qu'elle aurait exécré : des enfants fans d'Amérique et des images d'hommes à la virilité poilue, le son du pop-corn mâché avec enthousiasme. Pourtant, quand Imre avait vu le casque sur la tête de Magneto, il avait pensé très fort à elle. C'était sa nouvelle coupe de cheveux, le carré avec lequel elle était revenue d'Allemagne après le nouvel an et qui l'avait empêché depuis de lire ses pensées. Coincé dans son fauteuil de velours trop chaud, il avait senti qu'il s'identifiait peu à peu au professeur Xavier.

His helmet was somehow designed to block my telepathy. I couldn't see what he was after before it was too late.

Il comprenait l'impuissance de cet aveu. Il savait que ça faisait mal. Kerstin qui se refusait à partager son monde. Le casque de cheveux en haut de sa tête l'avait tenu à l'écart, blond et brillant, aux angles nets. Il ne savait plus rien. Il devait bien admettre ça : au moment où elle était partie, il ne savait plus rien d'elle. Il aurait été incapable de savoir ce qu'elle pensait, ce qu'elle voulait, comment il aurait pu lui faire plaisir.

Au début ils avaient progressé dans la connaissance de l'autre mais les deux dernières années, ils les avaient passées à se déconnaître, à s'oublier, à redevenir étrangers l'un à l'autre. Leurs gestes étaient à nouveau maladroits, leurs voix incertaines.

Et puis Kerstin était partie. Elle n'avait plus d'attaches.

Imre, l'éléphant qui gravissait la colline, avait la lenteur du grand-père. Peut-être qu'une de ses jambes à lui aussi était morte. Le grand-père avait toujours dit qu'aucun des hommes de la famille n'arrivait à la vieillesse intact. Les rails finissaient par leur happer les jambes, leur briser les chevilles. Les jointures devenaient bleues à force d'être tordues. Le fauteuil les attendait dans la petite maison au bord des rails, les uns après les autres. Tous les hommes de la petite maison finissaient dans ce fauteuil avec leur douleur des jambes.

Et Imre pensa aussi : leur douleur de Sans-femmes.

Quand sa tante, Panka, avait appris le départ de Kerstin et de Greta, elle était venue prendre un café dans la maison au bord des rails. Constater elle-même que c'était vrai, voir le vide. Elle avait tapoté plusieurs fois l'épaule d'Imre, sans grande compassion.

– Je ne peux pas dire que je ne la comprends pas, avait-elle dit en fumant une cigarette dans le jardin triangulaire.

– Moi non plus, dit Imre.

C'était bien son problème. Haïr autant Kerstin pour une décision qu'il comprenait tout à fait. Son ventre était retourné par ce sentiment contradictoire.

– Cette maison, dit encore Panka, elle a toujours été

mauvaise pour les femmes. Regarde, même ta mère, elle a réussi à l'avoir. Pourtant elle était solide. Mais...

Elle termina sa phrase en fendant l'air du tranchant de la main. Tchac. Fauchée.

– Tu t'en es bien sortie, dit Imre.

Panka mâchonna son filtre de cigarette. Elle laissait des marques de dents et de rouge à lèvres sur le papier brun.

– Je suis partie très vite.

Eszter avait fait pareil. Elles faisaient toujours tout ensemble. La maison avait été sans femmes pendant deux ans, jusqu'au mariage de Pál.

– *Apa* aurait bien voulu qu'on reste, dit Panka toujours en mâchonnant, mais...

Elle haussa les épaules en direction d'Imre pour dire : Tu sais bien. C'était une tare familiale chez eux, ils perdaient tout le temps les femmes, ils ne pouvaient pas les garder. Ils ne pouvaient pas les protéger non plus.

Soudain, dans la rue, sous la lumière brunie du réverbère, il y eut quelqu'un. Imre s'approcha. Il ne savait pas où regarder. Quand deux personnes solitaires se croisent tard le soir, elles ne savent jamais si elles doivent se saluer ou faire semblant de ne pas se voir. Il regarda à la dérobée.

Une femme sur le trottoir avec un verre dans la main.

Elle ne portait rien d'autre qu'un peignoir en tissu très fin, motifs usés, sur une combinaison de satin. Il devait être trois heures du matin. Elle se tenait devant un petit pavillon avec un jardin minuscule, maintenant de sa hanche le portail ouvert. La porte de la maison était entrebâillée derrière elle. Elle fumait. Tenait son verre dans une main et de l'autre sa cigarette et un téléphone. Elle regardait vers le bas de la rue.

Elle devait attendre quelqu'un, pensa Imre. Quelqu'un qui venait de téléphoner. Quelqu'un de trop important, de trop attendu pour qu'elle puisse l'attendre dans la maison. Quelqu'un qui méritait qu'on sorte sans prendre le temps de passer une tenue plus correcte. Mais quelqu'un qui n'était toujours pas là, malgré la précipitation avec laquelle elle avait dû sortir de la maison. Quelqu'un qui suscitait assez d'angoisse pour qu'on ait besoin d'un verre et d'une cigarette en redoutant qu'il n'arrive pas. Elle commença à mordiller l'ongle de son pouce.

C'est insupportable à penser, se dit Imre en quittant peu à peu ses hauteurs d'éléphant. Que partout les gens manquent. Le monde ne sera jamais suffisamment plein. Sous trop de porches, des gens attendent, sûrs que la vie leur doit quelque chose, quelqu'un, et jamais ça n'arrive.

– Ça tue les fourmis, dit la femme en agitant son verre quand Imre passa devant elle.

Il se demanda s'il l'avait regardée avec curiosité.

– À la vôtre, répondit-il.

Le retard du monde sur les attentes des gens, ce

n'était pas possible. Il descendit vers le fleuve, à la vitesse de ses semelles collantes.

Il avait reçu une lettre de Kerstin. Un chèque. Maintenant elle était devenue professeur. Elle avait assez pour vivre. Elle lui rendait tout l'argent de la publicité de Greta. Mais elle voulait qu'il les laisse tranquilles. Elle disait : n'appelle plus mes parents, tu leur fais peur. Et puis tu sais que c'est mieux pour Greta. Elle ne peut pas vivre au bord des rails. Ici elle aura une vraie vie.

C'était exactement ses mots. Imre avait ricané. Quand Kerstin était arrivée ici, à l'été 1993, la vraie vie c'était tout ce qui n'était pas l'Allemagne, tout ce qui était en bordel, tout ce qui manquait d'argent, tout ce qui était bancal, râpé, c'était le marché noir de l'existence. Et maintenant quoi ? La vraie vie incluait des canapés en cuir, des écoles privées et de l'eau pure coulant du robinet. Tout ce qu'Imre ne pouvait pas offrir.

Il était en colère, d'autant plus en colère qu'il savait qu'elle avait raison. C'était mieux pour Greta. C'était mieux pour Kerstin. C'était mieux pour tout le monde, sauf pour lui.

Dans l'enveloppe, il y avait les papiers du divorce aussi. Presque trente pages. C'était trop et en même temps c'était ridiculement peu. Les mots bougeaient tout seuls sur la page. Imre ne pouvait pas lire le document. Il l'avait signé sans savoir. Qu'est-ce qui pourrait arriver de pire ? Elle ne peut rien prendre de plus important que Greta.

Il avait laissé le chèque sous la table, là où il était tombé Il n'avait pas pensé à ce qu'il pourrait en faire. Kerstin le payait pour oublier. Est-ce que c'était possible ? Il se le demandait très sérieusement.

Sur le mur du centre commercial, le visage immense de Greta, son sourire aux dents écartées. Elle avait hérité de la peau dorée de sa mère et des grands yeux bruns d'Imre. Quelque chose dans sa figure réconfortait. Elle avait un visage qui partage.

Imre avait vu les photos plusieurs fois, à plusieurs endroits de la ville depuis qu'elles étaient parties. À chaque fois, c'était un coup. Les yeux de Greta étaient calmes et beaux comme des miroirs dans une pièce sombre. Rien ne les troublait. Sur les panneaux, ils étaient longs d'un mètre. C'était le visage géant de sa fille.

Imre marcha jusqu'au Danube. La tristesse à l'intérieur de lui ressemblait aux fourmis dont parlait la femme. Ça découpait par petits morceaux et ça s'enfuyait. Il n'y avait personne. Seulement les voitures. Les berges n'étaient pas aménagées, il y avait des marches de ciment et quelques piliers pour les bateaux. Il passa les chaînes rouillées qui longeaient le fleuve et descendit jusqu'à l'eau. Il ne s'arrêta pas, n'eut pas une seconde d'hésitation. Il entra dans la rivière. L'odeur était épouvantable. La vase et la mort des poissons-chats. Maintenant, il avait de l'eau jusqu'à la taille. Le courant était plus fort que ce qu'il pensait. Sous les semelles de ses chaussures, il sentit des objets étranges et l'argile meuble. Il y avait des choses qui se rompaient. Un coude dans le courant l'attrapa à la taille. Il s'abandonna.

Je viens d'une famille où les femmes disparaissent, pensa-t-il au gré de l'eau sale. Et il se demanda quel genre de malédiction ça pouvait être. Comme si, malgré toute leur bonne volonté, les hommes autour de lui ne pouvaient que nuire à leurs épouses, à leurs amours.

Il avait vu la démarche d'Ági.

Il avait enterré sa mère.

Kerstin l'avait abandonné.

Il n'avait plus de Greta.

Et puis il y avait Sara, la grand-mère, dont Panka lui avait finalement raconté l'histoire.

Le silence se fit et ses yeux virent brun.

Quand la police le récupéra à Csepel, il cracha un peu de cette eau épouvantable. On le massa, on lui posa un masque à oxygène et il revint à lui sans aucun dommage.

– Vous vous sentez bien, monsieur ? demanda un visage de policier sur fond de gyrophares orange et blancs.

– Non, avoua Imre.

Rien n'avait été lavé, rien n'avait disparu. Il se souvenait encore de tout. C'était décevant.

Irruption de la jungle

– Ta petite Allemande, avait dit Panka, c'est mieux qu'elle soit partie. Elle n'avait pas la force. Elle aurait fini comme ma mère.

– Tuée par Staline, avait ricané Imre.

Panka avait haussé les épaules.

– Il est vieux, avait-elle dit en parlant du grand-père, il a besoin de croire que c'est de la faute des autres. Staline, Rezsö Seress…

– Les jardiniers, compléta Imre.

– Ça aussi. Il ne peut pas supporter l'idée qu'elle se soit tuée à cause de lui, parce qu'il ne voulait pas les accepter elle et ton père.

– Elle s'est tuée ?

Sara Mándy, née Toth, 1920-1955. Imre avait lu l'inscription sur la tombe tant de fois et il n'avait jamais su. Dans son geste de protestation, il heurta de la main le bout allumé de la cigarette de Panka.

– Merde.

Ça faisait un petit rond brun sur le dessus, près du majeur.

– Merde, pourquoi personne ne me dit jamais rien ?

Il avait gratté la terre gluante, planté de nouvelles fleurs, et personne n'avait daigné lui apprendre comment sa grand-mère était morte.

– Le 2 mai 1955, dit Panka.

Sara la minuscule, la triste, semblable à sa ville envahie et occupée. Elle avait mis au monde son fils de guerre, son fils de viol, mais la tristesse, elle l'avait gardée à l'intérieur, jusqu'à ce que la tristesse l'emporte.

– Tu veux toute l'histoire ?

Imre hocha la tête, un peu soulagé de penser que Kerstin ne l'avait peut-être pas quitté, qu'elle avait juste fui la maison tue-femmes.

Le 2 mai 1955, Sara écoutait *Sombre dimanche* sur la petite radio. Elle écoutait en chantant. *Des fleurs t'attendront, des fleurs et un cercueil.* Elle avait toujours aimé les chansons tristes. C'était la dernière image que ses enfants avaient d'elle, penchée sur le petit poste de radio. Elle avait des poches de fatigue sous les yeux, légèrement bleues et son grain de beauté paraissait s'allonger encore vers la joue. Elle portait un fichu sur la tête, comme les vieilles femmes de la campagne. Elle n'avait jamais eu des goûts en accord avec l'époque. Panka se souvenait d'une robe sombre aussi, quelque chose qu'on voyait mal. Pál était tout près d'elle, comme toujours. Il était assis sur ses pieds, à la pointe de ses chaussures. Il avait dix ans mais il était si mince qu'il ne pesait rien. Il gardait certaines de ses habitudes de bébé et Sara ne le chassait pas. Il fredonnait la chanson à sa manière, sans desserrer les lèvres.

Puis Sara était sortie dans le jardin triangulaire en leur disant à tous les trois de rester à la maison. Ils avaient obéi tout le reste de l'après-midi. Et quand le grand-père était rentré ce soir-là, il l'avait trouvée morte dans le petit potager. Elle s'était étranglée en avalant un poireau.

Panka avait accouru quand elle avait entendu les cris. Elle dit à Imre qu'elle n'aurait pas dû. Elle se rappelait la touffe de feuilles vertes qui dépassaient de la bouche de sa mère, comme un palmier miniature qui aurait commencé à pousser là. Irruption de la jungle sur les lèvres de la mère.

– C'était absolument contraire au bon sens, dit Panka avec colère, comme si le bon sens avait une quelconque importance au moment de mourir et que Sara avait délibérément décidé de les rendre tous ridicules.

Elle ne comprenait pas comment Sara avait pu trouver la détermination d'enfoncer à ce point le poireau dans sa gorge. La souffrance avait dû être atroce. Et puis, ce n'était pas une façon de mourir.

Imre savait ce que ressentait sa tante. Il aurait aimé lui aussi au moment de la mort d'Ildiko que la perte de sa mère lui confère une aura tragique – le seul avantage d'être orphelin, ce sont les yeux des autres qui essaient toujours de panser vos blessures. Mais mourir écrasé par un train, ça n'appartenait pas au catalogue des belles morts. C'était trop ridicule et trop rare. Les gens voulaient qu'Imre répète, pour être sûrs d'avoir bien compris. Ils oubliaient de compatir.

– C'est ça qu'ils font les hommes de cette famille, dit Panka, ils poussent les femmes au grotesque. La dignité pour nous, ça n'existe pas.

Quand on mourait dans la petite maison au bord des rails, on ne pouvait pas se tuer comme une héroïne tragique. Il n'y avait pas la place. Il ne restait que les poireaux.

La petite maison au bord du lac

Au début, bien sûr, il avait dit non, jamais. Il ne pouvait pas utiliser l'argent. Quelle bassesse ce serait d'accepter une compensation à la perte de sa famille. S'il prenait l'argent, ce serait comme vendre Greta.

Le chèque était resté par terre. Quand quelqu'un traversait le rez-de-chaussée de la maison au bord des rails, il jetait un bref regard dessus et souffrait un peu plus. C'était comme mettre le pied sur un clou.

Sur les panneaux, finalement, ils avaient enlevé le visage de Greta. Maintenant c'était une autre petite fille, avec des yeux bleus. Ági avait regardé dans les containers aux alentours du centre commercial pour voir si elle ne pouvait pas retrouver les affiches. Elle en avait récupéré un morceau un peu déchiré. C'était la joue de Greta, son oreille et un peu de cheveux. Il y avait de la mayonnaise au niveau du lobe. Un pot qui s'était brisé dans la benne.

– Jette ça, répétait Imre à longueur de temps.

Mais Ági ne voulait pas. Elle le gardait à côté de son lit.

– J'ai le droit, disait-elle.

Quand le grand-père était mort, en janvier 2002, d'une seconde attaque, Pál, Panka et les deux enfants avaient marché derrière le cercueil sans un mot. Eszter vivait désormais au Brésil avec un dentiste à la retraite. Elle n'avait pas voulu faire le voyage.

– Je pense que je vais aller la rejoindre, avait dit Panka après avoir jeté une poignée de terre sur le cercueil. Elle a raison. Attendre ici, ça ne rime à rien. On a attendu presque soixante ans. Ce pays n'a pas de bonheur pour nous.

Le grand-père était enterré à côté de Sara. Imre pensait que son père était un peu jaloux. Il aurait voulu cette place. Pas celle à côté d'Ildiko.

Dans le cortège, Imre regardait les épaules basses, les yeux perdus et la démarche de blessé de guerre des membres de sa famille. La morale et la dignité lui paraissaient soudain ridicules comparées au sauvetage impérieux de Pál, d'Ági et de lui-même.

Alors avec le chèque de Kerstin, il acheta un bungalow au bord du lac Balaton.

– Vous aimez pêcher ? demanda l'ancien propriétaire, parce que je peux vous laisser ma barque et mes cannes.

Et Imre avait dit oui, alors qu'il avait toujours eu peur des poissons du Danube. Il ne voulait plus s'interdire aucun loisir, même ceux qu'il pensait ne pas aimer. Il fallait qu'il essaie.

La petite cabane verte sur la rive du lac était entourée de roseaux. On ne voyait rien d'autre que l'eau et les feuilles. Pas de maison. Pas de route. Quand on ouvrait la porte, la bande de terre qui séparait le seuil de la rive ne mesurait qu'une cinquantaine de centimètres. Le clapotis était entêtant.

L'intérieur de la cabane était très simple. Une petite table entourée de chaises, un lit double dans un coin, une mezzanine avec deux matelas, un évier avec un tuyau de douche que l'on pouvait fixer au robinet. Ils se lavaient dehors, au bord du lac.

Le premier été qu'ils passèrent là-bas, c'était l'été des orages. Tous les soirs le ciel crevait et la pluie tombait comme des lames sur ceux qui restaient dehors. Le tonnerre secouait la nuit. Ils restaient tous les trois assis autour de la table, à sursauter à chaque éclair, primitivement satisfaits d'être à l'abri. Ils ne pensaient à rien.

La pluie s'arrêtait longtemps avant les éclairs et pendant des heures ce n'était plus qu'une lumière étrange et absurde, sans averse, sans bruit.

La nature tout autour d'eux les endormait, leur communiquait une torpeur propre à l'été. C'était ce qu'avait dû connaître l'arrière-arrière-grand-père au moment de la construction de la maison au bord des rails. Au temps des violettes d'eau et de la campagne. C'était bon. Il y avait parfois des soubresauts. Lorsque les insectes se faisaient trop présents, Imre devenait nerveux. On ne pouvait plus lui parler. Ági se prit de passion pour une famille de musaraignes trouvée sous la cabane. Elle allait vérifier tous les jours que rien ne manquait à leur bien-être. Elle les regardait partir nager avec intérêt. Elle leur donnait des noms d'hommes politiques parce qu'elle prétendait qu'avec leurs grosses fesses et leur long nez, elles avaient des airs à siéger au Parlement. Mais son intérêt pour les petites créatures cessa lorsqu'elle s'aperçut que les musaraignes mangeaient leurs propres excréments. Dès lors, elle refusa de les voir. Elle voulut qu'Imre déplace leur nid.

Le soir, ils jouaient aux cartes en fumant. Imre acheta une petite télévision.

Un jour, ils virent Greta. Elle jouait dans une publicité allemande très mal doublée. Elle était devenue encore plus belle. Pál et Imre s'accordaient tous les deux pour dire qu'elle ressemblait à Ági. Elle mangeait des biscuits au lait et au chocolat sur les bancs d'une école brillante de propreté, emplie d'enfants heureux. La publicité se terminait en montrant la sortie des classes. De faux parents venaient chercher Greta et elle leur sautait dans les bras – heureuse à cause des gâteaux. Ils baissèrent tous les yeux à la même seconde pour ne pas avoir à regarder le visage de l'acteur qui jouait le père. Il est sûrement plus beau que moi, pensait Imre.

Bêtement, il chercha Kerstin dans les autres spots publicitaires. Elle n'apparut jamais.

Cet été-là, il y avait des rediffusions de *Dallas*. Pál pouvait les regarder pendant des heures. Imre et Ági allaient faire un tour de barque – ils emportaient les cannes et promettaient une soupe de poisson merveilleuse en partant mais ils ne se résolvaient jamais à pêcher – et Pál restait devant l'écran. À leur retour, il leur parlait des intrigues et des personnages comme s'il était sorti d'une longue discussion avec des voisins. Il commence un peu à partir, pensait Imre.

Le deuxième été, l'air était immobile et la fumée de leurs cigarettes restait opaque et suspendue en face d'eux. La chaleur semblait épaisse. Il n'y avait pas de vent, jamais, la température ne tombait pas pendant la nuit.

Cet été-là, pendant qu'ils étaient au lac, il y eut un court-circuit dans le transformateur et une étincelle mit le feu à la lettre cachée du grand-père. En quelques heures tout brûla et la maison au bord des rails, celle de cinq générations de Mándy, disparut.

Entre les rails il n'y avait plus qu'un tas de débris noirs. Le feu avait fait fondre les bouteilles en plastique que le grand-père avait repoussées de son râteau pendant des années. Elles s'étaient agglutinées en flaques durcies sur ce qui avait été le jardin triangulaire.

Ils restèrent dans la cabane verte, la perte de leur maison de toujours leur donnait une sorte de vertige. Sous leurs pieds il n'y avait plus rien, plus de racines. C'était un sentiment grisant et pourtant rien ne se passa.

Ils promenaient en eux leur propre force d'inertie que les trains n'avaient jamais réussi à secouer. Imre s'en rendait compte à présent. Ça n'avait jamais été la maison. C'était eux, les immobiles. Aucun d'entre eux, jamais, n'avait mis le pied sur la marche d'un wagon pour partir. Ils vivaient comme des collines.

Quand Panka et Eszter leur proposèrent de venir les retrouver au Brésil, ils déclinèrent poliment.

Ils préparèrent la cabane pour l'hiver. Il y avait déjà un poêle dans un coin. Ils achetèrent un radiateur électrique qu'ils installèrent dans la mezzanine au pied des lits. Ági parla de tricoter des plaids qu'elle ne commença jamais. À la place, Imre acheta des couettes au supermarché de Balatonfüred. Elles avaient des bords plastifiés désagréables au toucher mais elles étaient en solde. Ils en laissèrent deux sur le lit de Pál, au rez-de-chaussée, là où il faisait le plus froid.

L'hiver vint au début de novembre. La température chuta d'un coup. Ils ouvraient la porte sur l'étendue gelée du lac. C'était une mer infinie de glace et de neige. Le vent y dessinait des formes étranges, des mappemondes, des crevasses. Tout était blanc et gris. Le froid montait par le sol de la cabane, mordant, dangereux. Pál et Imre restaient à l'intérieur entre le poêle et la télévision. Ils buvaient du café au lait en mangeant des pâtisseries au pavot. Seule Ági aimait sortir dans le paysage blanc et glacé.

Elle s'asseyait sur le seuil. Il y avait deux marches en métal horriblement froides mais Ági s'emmitouflait dans les couettes. Elle ressemblait à une ruche. Le vent entrait dans la cabane en bourrasques glaciales quand elle ouvrait la porte. Pál et Imre hurlaient. Le soir, il était difficile de toucher une assiette sans se brûler le bout des doigts sur sa surface gelée.

Ági n'y faisait pas attention. Elle était calée sur les marches, face au lac, royale et énorme sous les couches d'édredons et elle regardait le blanc et le gris s'étendre à perte de vue. Le lac se confondait avec le ciel dans une même hostilité hivernale, sans feuilles, sans fleurs, sans oiseaux. Il n'y avait que le froid.

Et Ági chantait.

La glace portait sa voix fluette à travers tout le lac. Les notes glissaient dessus, résonnaient. La chanson s'enfuyait jusqu'à l'autre rive, huit kilomètres plus loin, qu'on ne pouvait pas deviner.

Il n'y avait que le lac pour donner de la force à la voix d'Ági, ce cri de souris toujours au bord de disparaître. Tout à coup, il grandissait, courait sur la neige, atteignait peut-être un patineur hors de vue. Les roseaux givrés bruissaient des chansons d'Ági, et les brisures de la glace et les barques prisonnières et les rafales sournoises.

J'ai marché, j'ai marché dans la grande rue Lonai
J'ai perdu, j'ai perdu mon cigare et mon fume-cigarette
Mon cigare et mon fume-cigarette ne me manquent pas tellement,
Tout ce que je regrette, c'est de t'avoir aimé autant.

J'ai marché, j'ai marché dans le cimetière Lonai
J'ai perdu, j'ai perdu mon mouchoir de velours rouge
Mon mouchoir de velours ne me manque pas tellement,
Tout ce que je regrette, c'est de t'avoir aimé autant.

REMERCIEMENTS

à Veronika Kovács, Mihály Borbély, Márton et Krisztian Kristof pour m'avoir parlé de leurs souvenirs et des histoires de leur famille,
à l'équipe des Petits Cochons – Ernö, Nori, Lori, Misi, Bálint – pour avoir rêvé sur de vieilles photos trouvées au marché aux puces,
à Lawrence pour toute la dernière année ensemble à Budapest pendant laquelle j'ai écrit ce texte.

DU MÊME AUTEUR

Aux Éditions Albin Michel

JUSQUE DANS NOS BRAS, prix littéraire de la Porte Dorée, 2010, prix de la Fondation Laurence Trân 2011

Composition IGS-CP
Impression CPI Bussière en juin 2013
à Saint-Amand-Montrond (Cher)
Editions Albin Michel
22, rue Huyghens, 75014 Paris
www.albin-michel.fr
ISBN : 978-2-226-24517-5
N° d'édition : 20331/07. – N° d'impression : 2003581.
Dépôt légal : janvier 2013.
Imprimé en France.